Lucy Monroe
La culpa de la traición

HARLEQUIN™

Editado por HARLEQUIN IBÉRICA, S.A.
Núñez de Balboa, 56
28001 Madrid

I.S.B.N.: 978-84-687-4489-6
Depósito legal: M-14917-2014
Editor responsable: Luis Pugni
Impresión en CPI (Barcelona)
Fecha impresion para Argentina: 23.2.15
Distribuidor exclusivo para España: LOGISTA
Distribuidor para México: CODIPLYRSA
Distribuidores para Argentina: interior, BERTRAN, S.A.C. Vélez
Sársfield, 1950. Cap. Fed./ Buenos Aires y Gran Buenos Aires,
VACCARO SÁNCHEZ y Cía, S.A.

Capítulo 1

¡NO TIENE corazón, la muy zorra!

Al oír las vehementes palabras de su cuñada, Savannah Marie Kiriakis prefirió seguir fijando la vista en la verde hierba que tenía delante de sus ojos.

El funeral ortodoxo griego había terminado, y todos habían presentado sus respetos, todos menos ella. De pie al borde de la tumba, con una rosa blanca en la mano, intentaba digerir la situación: el fin absoluto de su matrimonio.

Sentía una mezcla de culpa y alivio en su interior, un buen caldo de cultivo para que la hiriesen las palabras de Iona.

Alivio porque su tormento había terminado. Nadie volvería a amenazarla con quitarle a sus hijos. Y culpa, por ser aquella su reacción ante la muerte de otro ser humano, y en especial de Dion, un hombre con el que hacía seis años se había casado de buena fe, y con la estupidez que acompaña a la excesiva juventud.

–¡No tiene derecho a estar aquí! –continuó Iona, al ver que tanto Savannah como los demás deudos ignoraban aquel primer insulto.

La hermana menor de Dion tenía una cierta atracción por el dramatismo.

Instintivamente, Savannah miró la reacción de Leiandros Kiriakis ante el estallido de su prima. Sus ojos negros no estaban posados en Iona, sino en ella, y la miraban con tal desprecio, que de haber sido una persona más débil, se habría visto tentada de arrojarse a la tumba con su marido.

No podía darse la vuelta, aunque se muriese por hacerlo. El desprecio de Leiandros podría haber tenido cierta justificación, pero le hacía más daño de lo que le habían hecho las frecuentes infidelidades de Dion y sus estallidos de violencia.

El olor a tierra mojada y a flores asaltaron su olfato y finalmente pudo desviar la mirada hacia la tumba de su marido.

—Lo siento —susurró Savannah inaudiblemente antes de arrojar la rosa blanca al ataúd y dar un paso atrás.

—Un gesto muy conmovedor, aunque vacío —siguieron los insultos, pero directamente dirigidos a ella, con la precisión de una afilada navaja en su corazón.

Savannah hizo un esfuerzo sobrehumano para darse la vuelta y mirar a Leiandros, después de la mirada de reproche que este le había dedicado.

—¿Es un gesto vacío el de una esposa que da su último adiós? —preguntó Savannah alzando la mirada.

Deseó no haberlo dicho. Aquellos ojos negros como el carbón la quemaron con un desprecio que sabía que se había ganado, pero que igualmente lamentaba. De todo el clan Kiriakis, aquel hombre era el único miembro con derecho a despreciarla. Porque sabía de primera mano que ella no había amado a Dion, no apasionadamente y con todo su corazón, como él había necesitado ser amado.

—Sí, vacío. Le dijiste adiós a Dion hace tres años.

Savannah agitó la cabeza instintivamente a modo de negación. Leiandros estaba equivocado. Ella jamás se habría arriesgado a decir adiós a Dion antes de salir huyendo de Grecia con sus dos hijitas. La única posibilidad de escapar había estado en abordar un vuelo internacional a América antes de que Dion se diera cuenta de que se había ido.

Para cuando él había podido seguir su rastro, ella ya había iniciado su separación legal, impidiéndole que le quitase a las niñas. También había conseguido una orden de restricción de movimientos, apoyada en un informe en el que se daba constancia de sus heridas y costillas rotas como prueba de que no estaba segura con Dion.

El clan de los Kiriakis no sabía nada de aquello. Ni siquiera Leiandros, cabeza del imperio Kiriakis y por tanto de la familia, ignoraba las razones del definitivo fin de su matrimonio.

El gesto de Leiandros se endureció.

—Es cierto. Nunca le dijiste adiós. No quisiste darle la libertad a Dion, aunque no quisieras vivir con él. Fuiste una pesadilla como esposa.

Sus palabras fueron una herida en el corazón, pero ella se negó a avergonzarse.

—En los últimos tres años, le habría dado el divorcio a Dion en cualquier momento

Había sido él quien la había amenazado con quitarle a sus hijas en caso de que ella se divorciara.

El rostro de Leiandros se tensó con su habitual desprecio por ella.

Su opinión acerca de ella había quedado grabada a fuego desde la noche en que se habían conocido.

Habían asistido a una fiesta que daba un hombre al

que no conocía, un hombre, según Dion, al que ella debía causar buena impresión si quería ser aceptada en la familia Kiriakis. Aquello la había puesto muy nerviosa. Y por si aquella presión no hubiera sido suficiente, Dion la había dejado sola en medio de una multitud de extraños que hablaban una lengua que no comprendía.

Incómoda, para alejarse de los otros invitados, se había apartado y se había quedado al lado de una puerta que daba a la terraza.

–*Kalispera. Pos se lene?* *Me lene* Leiandros –le había dicho una voz masculina hablando en griego.

Ella había alzado la vista y había descubierto al hombre más atractivo que había visto en su vida. Su sonrisa la había dejado sin aliento. Lo había mirado, sintiéndose sorprendida por la mezcla de sensaciones que le había causado aquel hombre, despojadas de convenciones sociales.

Se había sentido culpable por aquella reacción con un hombre que no era su marido, se había puesto colorada y había bajado la mirada. Luego había pronunciado la única frase en griego que sabía.

–*Then katalaveno*.

Él había puesto un dedo debajo de su barbilla y la había obligado a alzar la cabeza, de manera que ella no había podido hacer otra cosa que mirarlo a los ojos.

–Baila conmigo –le había dicho él en perfecto inglés, con una sonrisa algo depredadora.

Ella había agitado la cabeza, intentando hacer un esfuerzo para que sus cuerdas vocales pronunciaran un «no», a pesar de que él le rodease posesivamente la cintura y tirara de ella hacia la terraza. El extraño la había estrechado en sus brazos y ella se había resistido mientras sus cuerpos se balanceaban al compás de la seductora música griega.

–Relájate –le había dicho él, apretándola más–. No voy a comerte.

–No debería estar bailando contigo –le había respondido Savannah.

Él la había apretado más aún.

–¿Por qué? ¿Estás aquí con tu novio?

–No, pero...

Unos labios posesivos habían ahogado la explicación de que estaba con su marido, no con su novio. Entonces ella se había opuesto con más fuerza, pero el calor de su cuerpo y el tacto de sus manos acariciando su espalda y su nuca habían vencido a sus buenas intenciones.

Y para vergüenza suya, ella se había sentido derretir en respuesta a su contacto. Aquel beso le había arrancado emociones que Dion nunca había provocado en ella. Hubiera querido que aquello durase toda la vida, pero, aun bajo los efectos de una pasión tan arrebatadora, había sabido que tenía que separarse de sus labios.

Las manos masculinas que habían estado acariciando su espalda se habían movido hacia delante y se habían apoderado de sus pechos como si tuviera derecho sobre ellos. El hecho de saber que él la estaba tocando tan íntimamente la sorprendió menos que su propia reacción a sus caricias. Sus pechos parecieron erguirse más allá de los confines de su sujetador de encaje, y sus pezones se pusieron duros y anhelantes. Jamás había sentido algo así con Dion.

Aquel pensamiento fue suficiente para apartarse de Leiandros, con el sentido del honor mancillado, mientras su cuerpo vibraba con la necesidad de volver a estar en sus brazos.

—Estoy casada —dijo.

Él le había clavado los ojos y la había inmovilizado por un instante.

—Leiandros, veo que has conocido a mi esposa —se había oído decir.

Y Leiandros, que estaba de espaldas, de manera que Dion no podía ver su expresión, la había mirado con un odio y un reproche en los ojos que no había disminuido nada en seis años.

—No creas que, como mi primo no está aquí para defenderse, vas a poder justificar tu comportamiento con mentiras.

La voz de Leiandros la devolvió al presente, a la mujer incapaz de sentirse excitada con un hombre. Por un momento lamentó recordar aquellas sensaciones que no había vuelto a experimentar desde entonces, y que sabía que no volvería a experimentar. Dion se había encargado de ello.

La figura alta de Leiandros la hizo sentir pequeña y vulnerable frente a su masculinidad y su enfado. Savannah dio un paso atrás y se refugió en el silencio. Luego inclinó levemente la cabeza antes de darse la vuelta para marcharse.

—No te marches de ese modo, Savannah. No soy tan fácil de manejar como mi primo.

La amenaza en el tono de su voz la detuvo, pero no se dio la vuelta.

—No necesito manejarte, Leiandros Kiriakis. A partir de hoy, no habrá ninguna necesidad de que tu familia y yo estemos en contacto —respondió Savannah, empleando un tono inesperadamente sensual al final, cuando su intención había sido expresar firmeza.

—En eso te equivocas, Savannah.

Savannah se estremeció. Se dio la vuelta para mirarlo, apreciando las deslumbrantes líneas de sus rasgos, el brillo de su cabello negro con el sol, y su aura de poder. Ella intentó interpretar la expresión de su enigmática mirada, pero no lo logró.

—¿Qué quieres decir?

¿La habría engañado Dion al final?

—Eso es algo que tendremos que hablar más adelante. El servicio religioso del funeral de mi esposa comenzará en unos minutos. Conténtate con saber que, puesto que soy el único fideicomisario de la herencia de tus hijas, tú y yo tendremos que hablar ocasionalmente.

Savannah sintió pena por el dolor que debía de estar sintiendo aquel hombre fuerte ante la muerte de su esposa, en el mismo accidente de coche que su primo.

—Lo siento. No quiero entretenerte.

—¿No vas a venir? —preguntó él achicando los ojos.

—Mi presencia está fuera de lugar.

—Iona cree que tu presencia aquí está fuera de lugar, pero no obstante has venido.

Por la llamada telefónica. Jamás habría ido si Dion no hubiera hecho una llamada telefónica la noche anterior a su accidente.

—Aunque al clan Kiriakis le guste negarlo, yo me casé con Dion. Le debo mi presencia a su memoria.

La debía a la memoria del Dion que la había cortejado, y al hombre que la había llamado aquella última noche.

—¿No debes tu presencia al funeral de Petra, como miembro de mi familia?

—¿Por qué quieres que vaya? —preguntó Savannah, incapaz de ocultar su extrañeza.

—Tú reclamas tu lugar en la familia. Es hora de que cumplas con los deberes que conlleva ese estatus.

Savannah se reprimió una risa cínica. ¿Acaso no había cumplido con ello durante seis años? ¿No había pagado suficientemente el privilegio de llevar el apellido Kiriakis?

Leiandros notó una emoción en la generalmente inexpresiva cara de Savannah. No había sido así la primera vez, cuando se habían conocido. Entonces había parecido dulce y vulnerable. Tan dulce que había permitido que otro hombre que no fuera su marido la besara, recordó.

Aunque ella había evitado mirarlo en las pocas ocasiones que se habían visto desde entonces, seguía teniendo una belleza que hacía comprensible que Dion hubiera permanecido a su lado, aun después de que se hubiera mostrado poco merecedora de su amor y su respeto. Durante el primer año había parecido la misma Savannah, pero la única vez que Leiandros la había visto en el transcurso del segundo año que había vivido en Atenas la había notado totalmente cambiada.

Sus ojos verdes se habían apagado por completo. ¿Habría sido por el sentimiento de culpa por sus amantes? Se había vuelto inexpresiva, excepto cuando miraba a su hija. Más tarde, un hombre que Leiandros había envidiado, algo por lo cual se había odiado, había iluminado su rostro y había llenado nuevamente de vida sus ojos verdes. No era de extrañar que Dion se hubiera descontrolado. Su esposa había reservado todo su amor para la hija que había tenido con uno de sus amantes.

Leiandros había reprendido a Dion por mostrar tan poco interés en la paternidad tras el nacimiento de Eva. Pero Dion le había contado, llorando, que su esposa le había dicho que el bebé no era suyo. Si Leiandros hubiera dudado alguna vez de la culpabilidad de Savannah por el beso que habían compartido la noche en que se habían conocido, ya no lo dudaba más.

Su cuerpo se tensó con enfado al recordar aquel encuentro.

–Tal vez tengas razón. Tu presencia está fuera de lugar en el funeral de mi esposa. Con una representación de falso dolor es suficiente en la familia.

Leiandros notó que sus ojos verdes se agrandaban con un brillo que hubiera jurado que era de temor. Luego la vio alejarse un paso más y decir:

–Siento que Petra haya muerto, Leiandros.

La aparente sinceridad en su tono suave casi lo conmovió, pero se negaba a que le tomase el pelo una segunda vez con su representación. Ella ya no era una muchacha inocente y vulnerable, ni él un irremediable estúpido.

–Creo que vas a sentirlo, Savannah.

–¿Qué quieres decir? –preguntó ella con voz temblorosa, mientras él le apartaba de la cara un rizo de cabello color trigo.

¿Qué creía que iba a hacer?, se preguntó Leiandros, ¿pegarle? Era ridículo. Savannah tenía motivos para preocuparse, pero no para tenerle miedo. Él planeaba algo con relación a ella. Pero sus planes tendrían que esperar.

–Da igual. Tengo que marcharme –contestó.

Ella asintió.

–Adiós, Leiandros.

Él inclinó la cabeza, negándose a pronunciar una despedida que no tenía intención de hacer efectiva. Pasado un año de duelo por Petra, Savannah lo volvería a ver.

Entonces pagaría por todo lo que le había hecho a su familia, todo lo que le había hecho a él.

Capítulo 2

S AVANNAH se sentó frente a su escritorio del pequeño estudio de su hogar en Atlanta, Georgia. Se oían las voces alegres de sus hijas de fondo.

Miró la carta de Leiandros Kiriakis como si se tratase de un monstruo. En ella, Leiandros solicitaba su presencia en Grecia para hablar sobre su futuro económico. Y peor aún, pedía también la presencia de Eva y Nyssa. Y había amenazado con no pasarle la suma mensual que recibía hasta que no se llevase a cabo tal encuentro.

Savannah sintió pánico. Desde hacía un año, después del funeral de Dion, se había prometido no volver a relacionarse con la familia Kiriakis. Bueno, si no para siempre, al menos por un largo período de tiempo.

Algún día las niñas tendrán que conocer a su familia griega. Pero no antes de que fueran lo suficientemente maduras como para entender el posible rechazo de la familia griega.

Es decir, hasta que no fueran adultas.

Era lo que deseaba. Sabía que no era realista. No después de las revelaciones que Dion había hecho en su última llamada telefónica, pero ella pensaba postergar ese momento. Hasta que tuviera un trabajo estable y seguro, por ejemplo, o hasta que su tía Beatrice no la necesitase.

Decidió que Leiandros se conformaría con una charla telefónica. No había motivo para que hiciera un viaje a Grecia solo para hablar de dinero.

La confianza en que Leiandros sería razonable y aceptaría una charla por teléfono se vio frustrada diez minutos más tarde cuando lo llamó por teléfono y su secretaria le dijo que él no quería ponerse al teléfono.

–¿Cuándo quiere viajar, señora Kiriakis? –preguntó la eficiente voz, al otro lado del auricular.

–No quiero viajar –contestó Savannah–. Por favor, informe a su jefe que preferiría conversar por teléfono con él y que espero una llamada suya cuando le venga bien.

Colgó con las manos temblorosas, ante la sola idea de enfrentarse a Leiandros Kiriakis personalmente.

Diez minutos más tarde sonó el teléfono. Savannah pensó que sería la secretaria de Leiandros y contestó.

–¿Sí?

–Mañana es la fecha de pago de tu pensión mensual.

Aunque no se hubiera identificado, no había dudas de quién era.

Se trataba de una voz que la hechizaba en sueños, en sueños eróticos que la despertaban en mitad de la noche, sudando y temblando. Era capaz de controlar su mente cuando estaba consciente, pero incapaz de reprimir su inconsciente. Y los sueños no hacían sino atormentarla, porque sabía que jamás volvería a experimentar esas sensaciones fuera de los sueños.

–Hola, Leiandros.

Él no se molestó en contestar su saludo.

–No haré efectivo ese pago, ni ningún otro, hasta que no vengas a Grecia.

Fue un ultimátum, no una explicación.

Los exorbitantes precios de Brenthaven por el cuidado de su tía y los gastos de la universidad habían impedido que Savannah pudiera ahorrar lo suficiente para prescindir de la pensión. Necesitaba el depósito de dinero para pagar Brenthaven, además de cosas como la comida y el gas.

–Podemos hablar por teléfono sobre lo que haya que acordar.

–No.

–Leiandros... –ella se pasó la mano por los ojos, alegrándose de que no pudiera ver su expresión de abatimiento y debilidad emocional.

–Ponte en contacto con mi secretaria para organizar el viaje.

Leiandros colgó. Savannah se quedó mirando el aparato. Le había colgado. Ella juró como jamás debería hacerlo una dama, y puso el auricular en su sitio.

Se quedó inmóvil un momento, hasta que pudo reaccionar y darse la vuelta para marcharse del estudio.

Cuando llegó a la puerta, el teléfono sonó de nuevo.

Aquella vez no era Leiandros ni su secretaria. Era el médico encargado de tía Beatrice.

Su querida tía había tenido otro ataque de apoplejía.

Savannah acostó a las niñas. Les contó su versión favorita de Cenicienta antes de que se durmieran, y se dirigió al estudio para hacer la temida llamada a Leiandros.

Antes de hacerlo, miró sus cuentas en el ordenador por si había ocurrido algún milagro. Pero no. Necesitaba el dinero de la pensión. A no ser que consiguiera un trabajo a tiempo total, no podría cubrir los gastos con un sueldo inicial, aunque tuviera un título en Administración de Empresas.

Savannah levantó el auricular y llamó a la oficina de Leiandros.

Su secretaria contestó inmediatamente. La conversación fue corta. Savannah acordó viajar la semana siguiente, pero se negó a llevar a sus hijas. La secretaria colgó, prometiéndole volver a llamarla una hora más tarde con los detalles del viaje.

Minutos más tarde, cuando Savannah estaba preparándose una taza de té, el teléfono volvió a sonar. Se le hizo un nudo en el estómago. Sabía que la secretaria de Leiandros no llamaba para hablarle de planes de viaje.

–¿Sí, Leiandros?

–Eva y Nyssa deben viajar contigo.

–No.

–¿Por qué no?

Porque la idea de llevar a sus hijas nuevamente a Grecia le aterraba.

–A Eva le quedan dos semanas de colegio todavía.

–Entonces, ven dentro de dos semanas.

–Prefiero ir ahora.

Necesitaba el dinero inmediatamente.

–Además, no veo motivo para alterar el ritmo normal de sus vidas para hacer un viaje tan corto y agotador.

–¿Ni siquiera para presentarles a sus abuelos?

Savannah sintió miedo.

–Sus abuelos no quieren saber nada de ellas. Helena lo dejó muy claro cuando nació Eva.

Había echado una ojeada al cabello rubio y los ojos azules del bebé y había afirmado que la criatura no podía ser una Kiriakis. Los ojos de Eva se habían oscurecido al año de edad y eran verdes, y su fino cabello de bebé había sido reemplazado por unas ondas de cabello castaño a los cuatro años.

Y cuando había nacido Nyssa, Helena ni siquiera se había molestado en ir a verla. La niña había nacido con el cabello negro y los ojos marrones de su padre. Una Kiriakis, no había duda.

–La gente cambia. Su hijo ya no está. ¿Te parece tan raro que Helena y Sandros quieran conocer a sus descendientes?

Savannah respiró profundamente para controlarse.

–¿Reconocen a Eva y a Nyssa como hijas de Dion?

–Lo harán cuando las conozcan.

Sin duda. Sus hijas tenían suficientes rasgos de los Kiriakis como para certificar su parentesco, pero eso no quería decir que ella estuviera dispuesta a presentarles a su familia de Grecia.

–¿Cómo estás tan seguro? –preguntó Savannah, con curiosidad por saber cómo sabía que sus hijas se parecían a sus parientes.

–He visto fotos. No hay duda alguna de que Eva y Nyssa son Kiriakis –sus palabras sonaron como una acusación.

–¿Las fotos de Dion, quieres decir?

Savannah había enviado a Dion fotos de sus hijas

para mostrarle cómo iban cambiando y con la esperanza de que algún día las reconociera como suyas. Ella lamentaba no haber tenido una familia y no haber podido conocer a su padre, y no quería que sus hijas sufrieran esa pena.

–Sí, yo registré los efectos personales de Dion en su apartamento de Atenas –Leiandros volvió a emplear un tono de censura, como si hubiera debido hacerlo ella.

Pero después de tres años de separación y de vivir vidas diferentes en dos continentes, a ella ni se le había pasado por la mente hacerlo.

–Comprendo.

–¿Sí?

–¿Han expresado Helena y Sandros el deseo de conocerlas?

–Yo he decidido que ha llegado el momento.

Y como era el cabeza de familia del clan, se suponía que toda la familia estaría de acuerdo con su decisión.

–No.

–¿Cómo puedes ser tan egoísta? –le reprochó Leiandros.

–¿Egoísta? –preguntó, irritada–. ¿A ti te parece que es ser egoísta que una madre quiera proteger a sus hijas del rechazo de la gente que se supone que debería quererlas desde su nacimiento, pero que decidió no hacerlo?

Sabía que no era totalmente justa. Durante seis años Savannah había pensado que la familia de Dion la odiaba por no ser la adecuada esposa griega que ellos habían elegido para él, y que como consecuencia habían rechazado a sus hijas. La llamada de Dion, la noche antes de su muerte, borraba por completo aquella teoría.

Además de otras revelaciones que había hecho, su querido esposo había admitido haber estado envenenando la mente de su familia con sus enfermizos celos, acusándola de infidelidad casi desde el principio de su relación. Helena y Sandros creían tener razones legítimas para dudar del parentesco de las hijas de Savannah, pero eso no era suficiente para exponer a Eva y a Nyssa a que les hicieran daño con su rechazo.

—Sandros y Helena recibirán a las niñas con los brazos abiertos.

—¿Quién te crees que eres? ¿Dios?

Savannah casi sintió la furia de Leiandros a través de la línea. No estaba acostumbrado a que le cuestionasen nada. Estaba a cargo del imperio financiero de los Kiriakis desde la inesperada muerte de su padre, doce años atrás. A sus treinta y dos años, su arrogancia y su sentido de poder estaban tan fundidos con su personalidad como su capacidad para hacer millones.

—No blasfemes. No queda bien en una mujer.

Savannah casi se rio en voz alta.

—No he querido ofenderte —contestó—. Simplemente quiero proteger los intereses de mis hijas.

—Si crees que dentro de sus intereses está el recibir ayuda económica de la familia Kiriakis, tienes que traerlas a Grecia.

Savannah se sintió mareada. Leiandros no lo sabía, pero la estaba haciendo escoger entre la amada tía que la había criado, y la estabilidad emocional de sus hijas y la suya propia.

Era su segunda pesadilla. La primera había sido casarse con Dion Kiriakis.

—¿Savannah?

Alguien gritó en su oído. Ella apretó el auricular y la habitación pareció volver a enfocarse.

—¿Leiandros? —dijo débilmente.

—¿Te encuentras bien?

—No —admitió ella.

—Savannah, no permitiré que nadie haga daño a Eva y a Nyssa —le aseguró él.

¿Pero dejaría que le hicieran daño a ella?

—¿Y cómo vas a impedirlo?

—Tienes que confiar en mí.

—No confío en la gente que se llama Kiriakis.

—No te queda alternativa.

Leiandros colgó, satisfecho.

Conseguir su objetivo era solo cuestión de tiempo.

Savannah y las niñas viajarían en cuanto Eva terminase el colegio. Savannah había aceptado finalmente, después de hacerle prometer que Eva y Nyssa no se encontrarían con sus abuelos antes de que ella pudiera hablar con ellos.

¿Cómo se atrevía Savannah a hablar de preocupación por sus hijas después de haberles negado el parentesco y el amor de su familia desde su nacimiento?

Sin duda, sus argumentos eran un intento de manipulación de la situación. Tal vez quisiera conseguir más dinero a través de sus hijas. Aunque la pensión era sustanciosa, no sería suficiente para llevar el estilo de vida que había llevado junto a Dion.

Leiandros llamó a su secretaria.

—Organice los preparativos para que mi avión vuele a Atlanta para traer a Savannah Kiriakis y a sus hijas dentro de dos semanas.

Dio otros detalles a su secretaria y colgó.

Savannah no había querido viajar en su jet, pero después de explicarle que el avión tenía una habitación donde las niñas podían dormir cómodamente, había aceptado. El primer paso de su plan era el más importante: conseguir que Savannah y las niñas fueran a Grecia.

Savannah tenía que estar en el tablero para poder hacerla entrar en el juego.

No permitiría que un océano y dos continentes impidieran que pagara por todo lo que ella había hecho a su familia y a él.

Savannah había cometido el peor pecado contra su familia, el de apartar a sus hijas con mentiras y manipulación, para quitar a Dion el derecho a su paternidad, y el de Sandros y Helena a ser abuelos.

Pero eso terminaría dentro de dos semanas.

Cuando conoció a Savannah, se sintió atraído por su aparente inocencia, por un toque de inmaculada sensualidad. Hasta el punto de que la besó sin siquiera saber su nombre.

Al principio, ella se opuso, pero en unos segundos había ardió en pasión. Su reacción fue más excitante que cualquier otra experiencia sexual que hubiera tenido. Luego le dijo que estaba casada. Su primer impulso fue decirle que se había casado con el hombre equivocado. Pero entonces apareció su marido: su primo.

El cuerpo de Leiandros aún recordaba su tacto. Su boca aún anhelaba el sabor de sus labios, su sexo aún deseaba lo que no había podido satisfacer aquella noche. Por más que había intentado olvidar el deseo prohibido de la mujer de su primo, ella siempre estaba allí, en sus sueños, en su mente.

Aun sabiendo que era una bruja, una mujer calculadora y sin corazón, la deseaba. Y ahora la tendría. Ella le devolvería lo que había perdido y, en el proceso, satisfaría el deseo de su cuerpo de poseerla.

Capítulo 3

NYSSA iba dormida en brazos de su madre. Esta seguía a la azafata particular de Leiandros, quien llevaba de la mano a Eva, con cara de cansada, y apenas despierta. Savannah estaba agotada. No veía la hora de ducharse.

Hubiera podido hacerlo en el avión, pero no había querido despertar a las niñas antes de tiempo. Excitadas con la idea del vuelo, no se habían acostado en la habitación hasta una hora antes de aterrizar.

Cuando llegaron a la aduana, le dieron tratamiento de VIP. Era una muestra del poder de Leiandros y de su influencia. Aquello había aumentado la sensación que había tenido desde que había subido a su avión privado: la de que la puerta de la trampa se cerraba.

Cuando llegó a la terminal principal, hizo un esfuerzo por centrar su mirada en lo que la rodeaba. El aeropuerto era muy moderno, pero estaba lleno de gente. Suspiró y cambió a Nyssa de brazo.

De pronto sintió que se le ponían de punta los pelillos de la nuca. Se dio la vuelta levemente hacia el lado derecho, y se encontró con la inescrutable mirada de Leiandros Kiriakis. Entonces se detuvo. No voluntariamente. Simplemente, sus piernas dejaron de moverse.

Ella no había esperado verlo hasta el día siguiente.

La azafata se detuvo a su lado.

–¿Señora Kiriakis? ¿Le ocurre algo?

Savannah no podía articular una palabra. Todo su ser estaba atrapado por la visión de Leiandros. Su cabello negro tenía un corte que realzaba la forma de su cabeza. Sus labios sensuales dibujaban un gesto serio.

Él no hizo ningún movimiento para ir hacia ellas. Solo esperó, su cabeza sobresalía con inconsciente arrogancia por encima de la multitud que lo rodeaba.

Savannah agarró más fuerte a su hija dormida y dio un paso adelante. Se chocó con un pasajero.

–Perdón. Lo siento.

La mujer con la que se chocó ignoró a Savannah y siguió caminando hacia la cinta de las maletas.

Un hombre grande, que parecía un luchador de sumo, apareció por detrás y casi la tira. Pero, entonces, Leiandros la sujetó para que no se cayera.

–Dame a la niña –dijo Leiandros, agarrando a Nyssa.

Instintivamente, Savannah se alejó unos centímetros de Leiandros.

–No, gracias. La llevaré yo –dijo.

Leiandros achicó los ojos.

–Mamá... –interrumpió Eva.

Savannah miró a su hija.

–¿Sí, cariño?

–Estoy cansada. ¿Puedo irme a la cama ahora?

–Va a pasar un rato largo hasta que puedas acostarte, pero puedes dormir en el coche. Los asientos son muy grandes y para una niña pequeña como tú serán como una cama –dijo Leiandros.

–Tengo cinco años –respondió Eva.

Leiandros sonrió.

–Si tienes cinco años, debes de ser Eva. Yo soy Leiandros Kiriakis.

Eva lo miró con ojos soñolientos pero directos.

–Kiriakis es mi apellido también –dijo, seria.

Leiandros se agachó hasta llegar al nivel de la niña aproximadamente. Tenía la misma expresión seria que su madre.

–Así es. Eso se debe a que somos familiares.

Eva soltó la mano de la azafata, se acercó a Savannah, y se agarró de la seda de los pantalones de su madre.

–¿Es familia mía, mamá?

Leiandros miró a Savannah con furia mientras se erguía. Parecía estar desafiándola a que negase el lazo familiar con su hija, algo que Savannah no tenía intención de hacer.

No había sido ella quien había negado los lazos familiares de sus hijas con su familia.

–¿Se parece a mi padre? –preguntó Eva.

Leiandros volvió a mirar a Savannah con ojos de censura.

–Tú has visto fotos, ¿qué crees? –contestó Savannah.

Sintió el movimiento de la cabeza de la niña en su pierna, asintiendo.

–Pero quizás sea más grande.

Eva puso una mano encima de la pierna de Nyssa, que colgaba del brazo de Savannah.

–Esta es Nyssa. Tiene cuatro años –dijo.

Leiandros sonrió.

–Ahora que nos hemos presentado, debemos marcharnos. Felix se ocupará del equipaje –dijo Leiandros, haciendo un gesto hacia un hombre fuerte y bajo que estaba de pie, a unos pasos de él, cerca de otro hombre musculoso, unos centímetros más bajo que Leiandros.

Leiandros las acompañó afuera. Hacía mucho calor. Aunque el calor no era muy distinto al de Georgia, el impacto del sol era más fuerte.

Se acercaron a la limusina de ventanillas oscuras y el chófer abrió la puerta de atrás mientras otro hombre se quedaba custodiando el lado del conductor. Debía de ser personal de seguridad de Leiandros.

Savannah ayudó a subir a Eva. Esta tomó la palabra de Leiandros y se puso cómoda para dormir, a un extremo del asiento, dejando suficiente lugar para que Savannah pudiera acostar a Nyssa también. Savannah sintió otra oleada de cansancio, y deseó poder dormir como sus hijas.

—Duerme, si quieres. No me sentiré ofendido —comentó Leiandros—. El viaje es largo.

Savannah se reprimió un bostezo y dijo:

—No creía que el aeropuerto estuviera tan lejos de la ciudad.

—No lo está, pero hay una carretera en obras. Tardaremos al menos dos horas en llegar a la mansión.

Savannah se había relajado, pero al oír aquel comentario se puso erguida y preguntó:

—¿Qué mansión? Creí que nos íbamos a quedar en un hotel.

—Eres de la familia. Te quedarás con la familia.

Savannah había tenido suficiente con su primera experiencia en Grecia como para desconfiar de la cercanía de los Kiriakis.

—Me prometiste que las niñas no verían a sus abuelos hasta que yo hubiera hablado con ellos —lo acusó en voz baja, para no despertar a las niñas—. Insisto en que nos lleves a un hotel.

—No.

–¿No? ¡No! ¿Cómo te atreves a hacer esto? Me lo prometiste –Savannah se echó hacia atrás en el asiento y se cruzó de brazos–. Sabía que no podía confiar en un Kiriakis.

Eso pareció hacer efecto, porque Leiandros apretó los puños y la miró con ojos asesinos.

–No vas a hospedarte con Helena y Sandros.

–Acabas de decir que nos quedaríamos con la familia, en la mansión.

En el momento que pronunció aquellas palabras una idea preocupante atravesó su mente.

–¿Tienes planeado que nos quedemos en *tu* mansión en la Isla de Evia? ¿Contigo?

–Mi madre también está en la mansión. Será suficiente carabina.

–¿Carabina? No necesito una carabina. Necesito intimidad. Quiero quedarme en un hotel.

–Relájate, Savannah. No hace falta que grites. Con dos niñas, la mansión será más cómoda que un hotel para ti.

En ese sentido, tenía razón, pero a ella no le preocupaban sus hijas en aquel momento. El solo hecho de pensar en compartir una vivienda con él le daba escalofríos.

–Supongo que seguirás teniendo un apartamento en Atenas, y que pasas la mayor parte del tiempo allí –dijo Savannah, esperanzada.

–Sí.

Ella casi no pudo reprimir el suspiro de alivio.

–Por supuesto, he hecho los arreglos necesarios para trabajar desde la mansión, de manera que pueda pasar tiempo con mi familia –dijo Leiandros con tono amenazador.

Savannah se estremeció.

—¿Cuánto tiempo has planeado que dure nuestra visita?

Era algo que él no había querido hablar por teléfono.

Si no hubiera sido porque estaba preocupada por su tía, habría insistido en que se lo dijera.

Leiandros la miró como si quisiera leer sus pensamientos.

—Hablaremos de ello más tarde —respondió.

—Prefiero hablarlo ahora.

—Permanentemente.

—¿Permanentemente?

—Sí, ya has pasado demasiado tiempo huyendo de tu familia. Es hora de que regreses a casa, Savannah.

«¿A *casa*?», pensó ella. Pero, aunque estaba furiosa, se controlaría. Una vez se había expuesto a la represalia de su marido por no controlarse con un Kiriakis.

Todavía tenía pesadillas en los que Dion le pegaba puñetazos.

—América es mi casa —declaró ella.

—Era tu casa antes de casarte con un Kiriakis, sí. Pero ahora Grecia es tu casa, sobre todo mi mansión.

—¿Tu mansión? ¿Esperas que viva en tu mansión permanentemente?

Era una pesadilla todo aquello.

Leiandros extendió la mano y abrió el minifrigorífico para sacar una botella de agua. Se la dio y luego sacó otra.

—Sí —respondió.

Savannah se quedó mirando la botella de plástico en su mano, preguntándose cómo había llegado allí.

–No puedo.

Leiandros no se molestó en discutir con ella. No le contestó. En cambio, sacó un teléfono móvil del bolsillo que estaba sonando y contestó.

Savannah recuperó la consciencia lentamente, sin saber qué la había despertado. Se movió en la cama, y hundió su cara en la almohada, extrañamente dura contra su mejilla.

Su cama se movió, y el colchón se apretó contra su espalda en una suave caricia.

–Despierta, *pethi mou*, casi hemos llegado.

Savannah abrió los ojos. Durante unos segundos no pudo ni respirar. El colchón que le había acariciado la espalda era en realidad una mano de hombre, y su firme almohada, un pecho musculoso. Aturdida, descubrió también que sus manos estaban envolviendo aquel torso.

La fragancia fresca de loción para después del afeitado era un asalto a sus sentidos. Familiar y desconocida a la vez. Pestañeó, tratando de encontrar el foco de su mirada, pero la seda blanca tapó su visión, y su mente no fue capaz de comprender aquella intimidad que compartía con un hombre después de casi cuatro años.

Y no era un hombre cualquiera. Estaba en brazos de Leiandros Kiriakis.

Aquello se parecía tanto a los sueños que la habían atormentado durante siete años que necesitó unos segundos para determinar si estaba dormida.

–Eva, ¿cómo es que mamá está abrazando a ese hombre? –preguntó Nyssa.

Savannah pareció despertar también.

Estaba despierta, definitivamente. Sus hijas jamás habían participado de los sueños que había tenido con Leiandros Kiriakis.

Se separó tan violentamente de Leiandros, que se golpeó con la puerta del otro lado y casi se cayó del asiento.

Él quiso sujetarla, pero ella se apartó de su tacto.

—Estoy bien —comentó Savannah con poca cortesía.

—Es de la familia —dijo Eva, como si eso explicase todo. Savannah no pudo evitar preguntarse si él habría pensado que el lazo familiar lo excusaba todo.

—¿Mamá? —preguntó Nyssa.

Savannah se acomodó mejor en la limusina, lejos de Leiandros.

—¿Sí, cielo?

—¿Por qué has abrazado a ese hombre?

—No lo estaba abrazando —miró a Leiandros. Él tenía la culpa—. Estaba dormida.

Se sintió incómoda. No sabía cómo había terminado durmiendo apretada a él, y temía descubrir que había sido ella quien lo había instigado.

Lo último que recordaba era haber echado hacia atrás la cabeza.

Evidentemente se había dormido. Estaba muy cansada del viaje, y en las últimas semanas había dormido muy poco debido al agotamiento emocional que le causaban las visitas a su tía.

No obstante, no podía creer que se hubiera permitido estar tan cerca de aquel hombre, estuviera dormida o no.

Su subconsciente soñaba con Leiandros Kiriakis, pero conscientemente ella rechazaba la intimidad con cualquier hombre.

Pero la prueba era irrefutable. Su piel aún se estremecía al recordar su tacto.

Antes de poder responder a Nyssa, su hijita sonrió a Leiandros y dijo:

—A veces me siento en el regazo de mi mamá para dormir, pero ella dice que ya peso mucho. ¿No es demasiado grande mi mamá para tu regazo?

Savannah hubiera gruñido al oír la lógica de su hija. Al parecer, su hija se había despertado renovada y fresca de la siesta. Savannah hubiera deseado que a ella le pasara lo mismo. Su mente estaba confusa, y su traicionero cuerpo se moría por aquel cuerpo musculoso y duro sobre el que había descansado.

—Creo que tiene un tamaño adecuado —dijo Leiandros con voz sensual.

Ella se estremeció. Un calor recorrió su cuerpo.

Era increíble. Se había pasado los últimos cuatro años pensando que jamás volvería a sentir deseo sexual, y allí estaba, deseando a Leiandros, pero aterrada al mismo tiempo.

—¿Dónde estamos? —preguntó Savannah, para romper el momento de tensión.

—Muy cerca de la mansión Kalosorisma. Acabamos de cruzar el puente que va a la Isla Evia —la mirada de Leiandros le dio a entender que sabía por qué había hecho aquella pregunta.

El coche paró y segundos más tarde se abrió la puerta del lado de Savannah. El chófer ayudó a bajar a Eva primero, luego a Nyssa. Cuando Savannah sacó las piernas para bajar, Leiandros ya había salido del coche y estaba a su lado para darle la mano.

El calor de su mano fue eléctrico.

Las niñas se quedaron mirando el frente de la mansión, fascinadas.

Savannah compartía aquella sensación.

No había estado nunca en la mansión Kalosorisma. Dion la había alejado de su familia todo lo que había podido, hasta de sus padres y hermana. Al principio le había dicho que era el modo de protegerla de su rechazo hasta que ellos aceptasen su matrimonio. Ahora sabía que no había sido así. Había tenido miedo de que descubriesen todas las mentiras que les había dicho acerca de la moralidad de su esposa.

El blanco inmaculado de la mansión cegó su vista, contrastando maravillosamente con el rojo de las tejas del tejado. Tenía terrazas en tres niveles diferentes, perfiladas con arcos, que formaban el frente de la mansión. Rodeada de jardines inmaculados y árboles verdes, a través de los cuales podía ver atisbos de un mar azul, la mansión era simplemente deslumbrante.

—Es realmente un hotel muy bonito —comentó Nyssa.

—No es un hotel —le aclaró Savannah.

—Es mi casa —dijo Leiandros, que estaba de pie, detrás de Savannah, sin que ella lo supiera.

Volvió a sentirse turbada por su presencia, y se apartó de él. Estaba acostumbrada a que la cercanía de un hombre la inquietase, pero esa sensación mezclada con una inconfundible excitación sexual era algo que amenazaba con volverla loca.

—Creí que íbamos a quedarnos en un hotel, mamá —dijo Eva.

—En Grecia, la familia lo es todo. Sería una ofensa que yo no ofreciera mi casa a tu madre, e igualmente que ella no aceptase mi invitación —le explicó Leiandros a la niña, con un tono de advertencia que hizo que Savannah se diera la vuelta y lo mirase.

¿Intentaba intimidarla? ¿Por qué? Ella ya había aceptado quedarse en su casa. De hecho, agradecía no tener que enfrentarse a Helena y a Sandros, puesto que no estaba dispuesta a aceptar quedarse en casa de ellos, aunque se ofendieran.

—Nuestra casa es mucho más pequeña, porque solo vivimos mamá, Eva y yo. Tú debes de tener muchos hijos. Tu casa es como el castillo de Cenicienta —dijo Nyssa.

Eva solo observó a los adultos y luego dirigió su mirada a la mansión.

—No tengo hijos —dijo Leiandros con un ápice de amargura.

—¡Oh! ¿No te gustan los niños? —preguntó Nyssa antes de que Savannah pudiera hacer callar a su hija.

—Me gustan mucho los niños —respondió él con más pena que antes.

Debía de haber sido un golpe muy duro perder a su esposa tan pronto después de casarse, pensó Savannah. Llevaban casados un año solamente cuando Dion había tenido el accidente en compañía de Petra. Savannah se sintió un poco culpable al pensarlo. Su esposo había sido el responsable del accidente y de la muerte de ambos.

Eva dio un paso adelante y puso su manita en el brazo de Leiandros.

—No te preocupes. Algún día tendrás niños. Mamá dice que hay que creer en los sueños para que se hagan realidad.

Leiandros se agachó y acarició la mejilla de la niña.

—Gracias, *pethi mou*. Tu presencia y la de tu hermana en la mansión será como tener hijos propios.

Eva acarició la mejilla de Leiandros, un gesto que sorprendió a Savannah.

–Jugaré a las damas contigo, si quieres. Los papás hacen eso con sus hijas algunas veces.

–También puedes ayudar a mamá a arroparnos cuando nos vamos a la cama –agregó Nyssa.

Savannah observó la escena con una sensación de irrealidad intensificada por su cansancio. Sus hijas habían pasado muy poco tiempo cerca de hombres, lo que hacía que la extrovertida Nyssa y su hermana fueran muy tímidas con ellos...

Pero las palabras de Leiandros la sorprendían más aún. ¿Realmente quería que las niñas y ella se mudaran a Grecia para cubrir un vacío que había dejado la muerte de su joven esposa?

Jamás se le había ocurrido que Leiandros Kiriakis pudiera ser vulnerable en algún sentido. Aquel hombre se pasaba la vida dirigiendo una empresa multimillonaria. No podía necesitar la compañía de dos niñas para que completasen su vida.

Savannah agarró más fuerte su bolso. Era como aferrarse a su realidad, al mundo que había construido lejos de una privilegiada fortuna ejemplificada por la mansión Kalosorisma. Una vida a la que ella y sus hijas volverían.

Capítulo 4

LEIANDROS bebió un whisky antes de la cena, mientras esperaba a Savannah en el salón de recepciones.

La mansión, construida por su abuelo, tenía dos salones para recepciones, al igual que dos comedores formales, uno de los cuales había transformado en estudio, después de que su esposa hubiera reformado un estudio en un salón para mirar la televisión. También había un comedor de diario para desayunar, ocho dormitorios con baños incluidos y dependencias de servicio en la planta baja.

En otras palabras, había sitio suficiente como para que Savannah encontrase la intimidad que necesitaba, pero eso no incluía la posibilidad de poder evitar su compañía. Aquello no era parte de su plan. Y esa noche pensaba dejar claro a Savannah que él sería parte de su vida desde aquel momento.

La deseaba tanto, que no había podido resistir el estrecharla en sus brazos después de que se hubiera dormido. La había observado durante kilómetros antes de ceder a la tentación de abrazarla. No la había abrazado desde aquella vez en que la había besado, cuando ella había pertenecido a otro hombre.

Pero Dion había muerto, y ahora Savannah le pertenecía, aunque ella no lo supiera.

Su cuerpo sí lo había sabido. Se había apretado contra él como lo hubiera hecho una amante. Y él había deseado quitarle la blusa de seda y ver sus pechos, sentirlos contra su pecho viril... ¡Pero hasta los multimillonarios griegos tenían sentido del honor!, pensó Leiandros cínicamente.

Cuando tocase a Savannah, ella estaría despierta y deseándolo tanto como él.

Como había deseado su beso hacía siete años.

Estaba terminando su whisky cuando Savannah apareció en la entrada del salón. Se había puesto una túnica verde hasta la rodilla, y se había peinado su pelo castaño dorado con un recogido hacia un lado. Su única joya era un collar de plata a juego con los pendientes.

Estaba guapa, pero no era la ropa de diseño que había esperado que llevase, teniendo en cuenta la generosa pensión que recibía. Nyssa también había dicho que su casa era pequeña.

¿Sería la visión infantil de la niña, o era una realidad? Si era verdad, ¿en qué gastaba diez mil dólares al mes?

Savannah hubiera deseado desaparecer. Las niñas se habían acostado hacía una hora. Habían propuesto a Leiandros que las arropase, pero él había tenido que atender una llamada internacional y les había prometido hacerlo las noches siguientes.

A Savannah no le había importado, porque se sentía turbada con su presencia.

–Entra, Savannah. No voy a comerte.

Ella hizo un esfuerzo y sonrió.

–Por supuesto que no. Los millonarios griegos no comen a sus invitados, aun a aquellos reacios a serlo.

–¿Qué quieres beber? –sonrió él cínicamente.

–Algo sin alcohol. No tengo la cabeza como para bebidas alcohólicas y además todavía me dura el malestar del viaje. Hasta el más inocuo jerez me sentaría mal.

Además, necesitaba estar lúcida, pensó.

Leiandros se acercó al carrito de las bebidas y le sirvió un vaso de agua helada con una rodaja de limón.

Ella aceptó la bebida procurando no tocar sus dedos.

–¿No nos acompaña tu madre para cenar?

–Se ha ido a visitar a unas amigas. Volverá a casa dentro de un par de días.

–¡No será muy buena como carabina, entonces! –comentó ella.

Leiandros se rio suavemente.

–Tú has dicho que no te hacía falta ninguna carabina. ¿Has cambiado de opinión, Savannah?

Ella se estremeció. Para disimular, bebió un sorbo de agua.

–Señor Kiriakis, tenemos que hablar.

–Leiandros, no «señor Kiriakis». Somos de la familia. No te dirijas a mí con tanta formalidad.

Ella había querido poner distancia entre ellos, pero al parecer, A Leiandros lo había molestado.

–Leiandros, entonces. Esta idea de que las niñas y yo nos quedemos de manera permanente en Grecia, como poco, es inviable en este momento.

Leiandros la quemó con la mirada y le hizo un gesto con la mano para que se sentase en uno de los sofás de piel que había a ambos lados de la chimenea.

–¿Por qué?

–Tengo obligaciones y compromisos en Georgia que no puedo dejar de lado –ella se sentó en el extremo de un sofá, ubicado al otro lado de la habitación.

–¿Qué tipo de compromisos? –preguntó él con una sonrisa depredadora, sentándose en el mismo sofá que ella.

–Los normales –ella se sintió algo intimidada con su presencia–. Relaciones, trabajo. El compromiso con el bienestar de Nyssa y Eva.

–Tú no tienes trabajo.

Ella asintió con un movimiento leve de la cabeza.

–Pero debo tener un trabajo si no quiero depender del dinero mensual que me pasa la familia Kiriakis.

–Si la independencia es tan importante para ti, ¿por qué no has hecho nada para conseguir un trabajo en estos cuatro años? –preguntó él.

–He pasado los últimos cuatro años estudiando en la universidad. Ahora tengo un título en Empresariales y pienso usarlo para mantenerme a mí y a mis hijas.

Leiandros la miró absolutamente pasmado, y ella se sintió satisfecha por su reacción.

–¿Has traído tu diploma? –preguntó Leiandros.

¿Estaba loco?, se preguntó ella.

–¿Para qué iba a traer el diploma?

–Para que yo pueda confirmar que dices la verdad.

Savannah sintió rabia.

–Tu arrogancia es increíble. ¿Por qué tengo que probarte nada? Mi graduación no tiene nada que ver con esto.

–¿De qué estamos hablando, entonces?

Ella tragó saliva al notar su reacción ante aquel tono meloso.

–Estamos hablando de mi necesidad de volver a mi casa. Pronto. Me quedaré el tiempo suficiente para que las niñas conozcan a sus abuelos, si la conversación que tengo con ellos resulta satisfactoria, pero luego me iré a casa. Y tú no podrás hacer nada para impedirlo.

–Te sorprendería saber lo que puedo hacer.

–Puedes decir lo que quieras, pero me voy a ir de todos modos.

–Si no quieres depender de la pensión que te doy, ¿por qué has venido a Grecia? No querías venir, pero has aceptado venir cuando me negué a pagarla.

Ella no quería contestar a ello.

–Tú no pagas la pensión. Se saca del fideicomiso de las niñas –Savannah dejó su vaso en la mesa pequeña.

–No he tocado el fideicomiso de Eva y Nyssa en el último año.

–Pero... –dijo ella, confusa.

–No hay peros. Yo te he mantenido en el último año y, si quieres que lo siga haciendo, debes aceptar ciertas condiciones.

Ella ya había tenido bastante con las condiciones de Dion. No pensaba aguantar lo mismo con Leiandros.

–No quiero que me mantengan. Estoy ansiosa por conseguir un trabajo.

–Entonces, ¿por qué has venido a Grecia?

–Necesito tu pensión durante algunos meses más, hasta que pueda mantenerme sola.

–¿Realmente crees que vas a poder conseguir un trabajo en el que te paguen diez mil dólares al mes desde el principio?

–No. Por supuesto que no. Pero dentro de unos meses no voy a necesitar tanto dinero para vivir –sintió una gran pena al pensar por qué no necesitaría tanto dinero.

Los médicos no creían que su tía fuera a llegar a fin de año. Sin las cuotas de Brenthaven, las niñas y ella podrían vivir con un sueldo normal.

–Nuevamente te pregunto por qué.

–Eres como un perro con su hueso favorito.

–Entonces, contéstame y dejaré de preguntar.

Ella lo miró tan impasiblemente como pudo.

–No es un asunto de tu incumbencia.

–Puesto que soy yo quien paga la pensión, creo que sí lo es.

–Pero yo no lo sabía.

–Ahora lo sabes.

–Eso da igual. Por ahora necesito el dinero . Tal vez puedas darme un préstamo y, cuando tenga trabajo, devolvértelo por meses.

Savannah había gastado todos sus ahorros en el cuidado de su tía desde el último ataque, pero tenía que pagar otra cuota dos semanas más tarde.

Brenthaven exigía el pago por adelantado. Si no pagaba, transferirían a su tía al geriátrico estatal más cercano. Aunque lo lamentasen, lo harían. Había sucedido cuando ella se había separado de Dion sin un acuerdo económico de manutención.

Antes de que Leiandros contestara a su proposición de darle un préstamo, Felix les anunció que la cena estaba lista.

Savannah intentó hacer justicia a la exquisita cena que había preparado la esposa de Felix, pero el malestar del viaje no la dejó.

–Debiste llevarte una bandeja a tu habitación. Estás muy cansada para disfrutar de una cena completa.

–Necesitábamos hablar sin que nos interrumpieran –respondió Savannah.

No quería que sus hijas se enterasen de los planes de Leiandros de que ellas se quedaran allí.

–Entonces, habla. Puedes empezar por contarme qué cambios va a haber en tu vida que te permitan pasar de vivir con diez mil dólares al mes a vivir con una fracción de esa cantidad.

A Savannah no le gustó la mirada de especulación de Leiandros. Si se enteraba de la historia de tía Beatrice, tendría un arma para extorsionarla, como había ocurrido con Dion.

–Mis necesidades económicas es un asunto de mi incumbencia. Si no quieres prestarme el dinero, hipotecaré mi casa.

No quería que se enterase de que sin unos ingresos probablemente no pudiera hacerlo.

Tenía la esperanza de que el orgullo de Leiandros no permitiese que una Kiriakis tuviera que pedir dinero a un banco para cubrir los gastos que la familia había cubierto hasta entonces.

Leiandros no contestó. Mientras, el ama de llaves retiró los platos de la cena y sirvió fruta con nata en unos cuencos de cristal.

–Esto lo comerá, ¿verdad? –sonrió el ama de llaves.

Savannah le devolvió la sonrisa.

–Sí, parece muy refrescante.

Comieron el postre en silencio. Cuando terminaron, Leiandros le dijo a la mujer que tomarían el café en la terraza, y acompañó a Savannah hasta allí.

La vista desde la terraza de la parte trasera de la casa era tan espectacular como la que ofrecían las ventanas de los dormitorios. El mar brillaba con destellos dorados y rojos, y hasta la piscina reflejaba el color exótico de la puesta de sol.

Savannah suspiró involuntariamente, expresando aquella fascinación.

—No hay nada más hermoso –dijo Leiandros, e hizo sentar a Savannah en una silla de hierro forjado de la terraza.

Ella se sentó.

—La salida del sol en una arboleda de magnolias no es una vista tan fea...

—Algún día tendré que ver eso –dijo Leiandros.

La idea de que Leiandros fuera a Georgia la puso nerviosa.

—No creo que encuentres ningún negocio allí que justifique semejante viaje –respondió Savannah.

La esposa de Felix apareció con el café. Encendió las luces exteriores, iluminando la piscina y el jardín que la rodeaba. Luego entró nuevamente en la casa.

Varios caminos iluminados conducían a la huerta y los olivares que rodeaban la casa. Savannah deseó explorarlos en soledad, pero tenía que quedarse allí tratando de convencer a Leiandros de su necesidad de volver a su casa y de que le enviase la pensión.

—Kiriakis International no rige toda mi vida.

—Me cuesta creerlo, teniendo en cuenta la cantidad de tiempo que dedicas al trabajo –Savannah tomó un sorbo de café, saboreándolo. En Georgia, había echado de menos aquel pequeño placer.

—Sin embargo, he encontrado tiempo para casarme.

La idea de Leiandros casado con otra mujer le dio vértigo.

—Con una tradicional muchacha griega, que seguramente jamás se habrá cuestionado su papel en tu vida.

Leiandros la miró con resentimiento.

—¿Es por eso por lo que abandonaste a mi primo? ¿No estaba dispuesto a que tú fueras el centro de su universo?

—Yo no quería ser el centro de la vida de Dion —al oír hablar de su matrimonio, se puso nerviosa, como siempre le ocurría.

En realidad había deseado que Dion no estuviera tan encima de ella, sobre todo cuando se trataba de celos irracionales y de obstinarse en dejarla embarazada de un hijo varón.

—Lógico. El amor obsesivo de Dion debe de haber sido un estorbo para tus *amistades* fuera del matrimonio.

Savannah intentó ignorar aquel tono al referirse a supuestas amistades masculinas. No pensaba reaccionar ante aquel insulto.

—Obsesivo es una buena palabra para describir el comportamiento de Dion.

—Te amaba, el muy tonto —comentó Leiandros, como si solo un tonto pudiera tener esos sentimientos.

—Supongo que tú habrás controlado muy bien tus sentimientos como para no cometer el mismo error con Petra.

—Mi esposa era importante para mí. Tenía una vida que muchas mujeres hubieran envidiado, pero tienes razón, nunca me dejé dominar como lo hizo Dion contigo.

«¿Dominar?» La idea que Leiandros tenía de su matrimonio le habría dado risa de no ser porque la verdad le dolía tanto.

—Prefiero no hablar de mi matrimonio —dijo ella.

—¡Qué sensible! ¿Intentas convencerme de que el tema es doloroso para ti, o solo desagradable?

–Dion y yo fuimos dos extraños durante años, antes de su muerte. Considero mi matrimonio una parte de mi pasado, que no tiene lugar ni en el presente ni en el futuro.

–Te olvidas de tus hijas. Son producto de ese matrimonio que tanto desprecias.

Parecía querer desafiarla a negar que Eva y Nyssa fueran hijas de Dion.

–Después de ver a mis hijas, no negarás que son hijas de Dion.

–No lo niego, no. Eres tú quien ha apartado a las niñas de su familia griega casi desde su nacimiento –la acusó.

–No fui yo quien cuestionó su ascendencia Kiriakis. Si quieres echarme la culpa de ello, piensa en tu primo y en sus celos irracionales. A causa de ellos, Helena rechazó a Eva. Y ni siquiera se molestaron en conocer a Nyssa. No vinieron a verla ni en los seis meses que pasó la niña en Grecia, antes de marcharnos.

–Eres muy lista. Como ahora no está Dion para responderte, niegas tu responsabilidad en la decisión de apartar a las niñas de su familia.

La lealtad a la familia hacía que Leiandros ni se plantease su inocencia. Admiraba aquella lealtad a su primo, pero ella no sería una víctima de ello.

Savannah se puso de pie.

–Estoy cansada. Creo que me iré a la cama.

–¿Qué ocurre, Savannah? ¿Huyes? ¿Te incomoda la verdad?

–He descubierto que la familia Kiriakis no está interesada en la verdad, sino en lo que cree. Así que no voy a intentar convencerte. No pienso escuchar más mentiras como esas. Buenas noches.

Savannah se dio la vuelta para marcharse.

Pero Leiandros se puso de pie y le agarró un brazo para detenerla.

–¡Oh, no! No te irás tan fácilmente. A Dion habrás podido tratarlo como a un perro faldero, pero yo soy un lobo comparado con él.

El corazón de Savannah se aceleró al sentir su tacto.

–Por favor, déjame marchar –dijo ella débilmente.

–Aún no. Hay algo que tengo que hacer primero.

¿Iba a pegarle?

No pensaba acobardarse. No sabía si para defenderse debía usar las técnicas de artes marciales que había aprendido. No quería hacerle daño, pero tampoco quería que Leiandros se lo hiciera a ella. ¿Y por qué pensaba que se lo haría? De pronto se dio cuenta de que todo provenía de los ataques de ira de Dion. Pero en realidad, ella confiaba en que Leiandros no le haría daño físico.

–¿Qué? –preguntó Savannah.

–En el aeropuerto se me ha olvidado darte la bienvenida como es debido. Es hora de que lo rectifique, ¿no crees?

Sus palabras la paralizaron.

–No hay nada que rectificar.

Leiandros le dio la vuelta para que lo mirase y le agarró la barbilla.

–A mí sí me lo parece... –respondió él, dándole un suave beso en la mejilla con sus cálidos labios.

–Bienvenida a casa, Savannah.

Curiosamente, ella no reaccionó con el típico pánico que sentía cuando se le acercaba un hombre. Como en la limusina, su cuerpo no respondió con sus acostumbradas ganas de huir. Sino que, cuando le besó la otra mejilla, sintió un deseo irreprimible de mover la cara de manera que el platónico beso en la mejilla se transformase en un rotundo beso en la boca.

Pero refrenó ese impulso, y se quedó inmóvil.

Él no se apartó después del segundo beso.

—¿No quieres devolverme el saludo? —le preguntó.

Ella sintió tal deseo que reaccionó sin pensarlo, besando primero su mejilla izquierda y luego la derecha.

Se sintió embriagada por su perfume varonil y la fragancia de su piel.

Ella deseaba volver a besarlo, pero quiso saber qué haría él ahora.

Leiandros no se hizo esperar. Bajó la cabeza y la besó.

Fue como si hubieran estallado fuegos artificiales a su alrededor. Savannah se apretó contra él y rodeó su cuello con sus brazos.

Sin dudarlo un instante, abrió su boca para que él la invadiera. Era como si su cuerpo no pudiera resistirse a la fiesta de sentir su tacto después del hambre a que lo había sometido durante años. ¡Era tan delicioso estar cerca de él! Que no pudo sino reaccionar por impulsos y dejarse besar.

Leiandros deslizó sus manos y apretó su trasero. Soltó un gemido de placer al sentirlo. La alzó unos centímetros y la apretó contra su erección.

Ella no pudo evitar arquearse de placer mientras él la besaba apasionadamente.

Fue más devastador que el beso que habían compartido aquella noche en que se habían conocido, porque esta vez la voz de su consciencia no le advertía que era una mujer casada.

Dion se había ido, y su cuerpo lo sabía.

Deseaba a Leiandros con una fuerza que la turbaba.

Ni siquiera sentía el instinto de autoconservación que la había acompañado durante cuatro años. Sus pezones se endurecieron debajo de su sujetador y se sintió húmeda en su sexo.

Leiandros la apretó contra él sujetándola por su trasero para que sintiera la dureza de su sexo en su femineidad, mientras jugaba con su lengua eróticamente, mordisqueando sus labios, su lengua...

Ella se rozó contra él, abrumada por el placer que su cuerpo le daba.

Estaba asustada por su reacción ante aquellas nuevas sensaciones que no dominaba.

Leiandros siguió besándola, devorándola, pero alzó una mano de su trasero para acariciar su pezón derecho a través de la seda de su blusa y del encaje de su ropa interior. Y entonces, algo estalló dentro de ella.

Se puso rígida mientras su cuerpo se convulsionaba en sus manos. Su gemido de temor se mezcló con el de placer, pero él la acalló con un ardiente beso. Ella se agitó más y más hasta que su cuerpo se derritió. Si él no la hubiera sujetado, se habría derretido por completo.

Jamás había sentido tal placer, y no había podido evitar imaginar qué sentiría teniéndolo dentro.

Leiandros la envolvió con sus brazos y ella se sintió protegida. Luego le besó los párpados, las mejillas, la nariz, incluso la barbilla.

Ella empezó a llorar, con extraños gemidos. Y él respondió secando sus lágrimas con besos en las mejillas.

–Sin duda nuestro lecho de casados será muy satisfactorio –dijo.

Capítulo 5

SAVANNAH lo miró, incrédula. ¿Acababa de decir que se casarían?

Agitó la cabeza, pero su mente se negaba a aclararse.

Sin advertencia, Leiandros levantó sus piernas y con ella a horcajadas, la llevó al dormitorio. La dejó al lado de su cama. Le agarró la nuca y la besó.

–Buenas noches. Mañana hablaremos de los planes para el futuro –le dijo.

Ella asintió y, aturdida, lo observó marcharse de la habitación.

Se quedó inmóvil durante diez minutos, mirando la puerta que había cerrado Leiandros. Y entonces por fin pareció darse cuenta de lo que acababa de hacer.

Había dejado que Leiandros la besara y la acariciara íntimamente en una terraza iluminada, donde podría haberlo visto cualquier persona. Y lo peor, su cuerpo la había traicionado disfrutando con su tacto. Ni siquiera se le había pasado por la cabeza resistirse a él o impedirle el acceso a su femineidad. Si la hubiera desvestido y le hubiera propuesto compartir su cama, ella lo habría aceptado.

No creía que pudiera mirarlo a la cara nuevamente. ¿Cómo diablos iba a hablarle de dinero o de su regreso a Estados Unidos después de aquello?

Pero no podía negar que la esencia de su femineidad, aquella parte que su esposo había destruido con
su violencia la última vez que se habían visto, estaba
viva aún. La había recuperado con Leiandros Kiriakis.
Y eso le daba mucha satisfacción.

Se puso de pie respirando la fragancia de Leiandros.

Se quitó el vestido, sintiendo una sensación erótica
al hacerlo. Pero no fue nada comparado con el efecto
de quitarse la ropa interior. Estaba excitada, y una ducha caliente no sería recomendable, pensó.

Se puso un camisón blanco de algodón con borda-
dos en el pecho. Siempre había considerado aquel camisón, como una prenda inocente, pero aquella noche,
le recordó a una virgen esperando que le robaran su
virginidad.

Enfadada con aquellos pensamientos sin sentido, se
metió en la cama de sábanas perfumadas de jazmín.

Hundió la cabeza en la almohada, pensando que no
sería capaz de dormir después de lo sucedido. Pero
lentamente sus párpados se fueron bajando, pesados, y
su cuerpo se sintió satisfecho, como nunca.

Su último pensamiento fue que Leiandros era más
efectivo que una pastilla para dormir.

A Leiandros le había costado dejar a Savannah sola,
en la cama. Quizás había sido la tarea más dura que
había llevado a cabo hasta aquel momento. Pero no
quería hacerle el amor cuando ella aún estaba con el
malestar y el cansancio del viaje. Y no quería darle la
excusa de que no estaba en sus cabales cuando se en-
tregase a él.

Además, necesitaba hacer algo primero.

Descolgó el teléfono y llamó a un número conocido.

—Soy Raven...

—Soy Leiandros Kiriakis, necesito una información.

—¿Persona o empresa?

—Persona. Savannah Kiriakis, de Atlanta, Georgia.

—¿No es ella la viuda de su primo? —preguntó el detective privado.

—Sí.

—Comprendo.

—Lo dudo.

—¿Qué quiere saber?

—Todo. Quiero saber con qué personas se relaciona. Si hay algún hombre en su vida. Dice que acaba de graduarse en la universidad. Quiero verificarlo. Pero, sobre todo, quiero saber cuál es su situación económica. Ha estado recibiendo diez mil dólares mensuales de pensión, pero no se viste de acuerdo a esa suma. Según su hija, viven en una casa modesta. Quiero saber adónde se está yendo ese dinero, y por qué cree ella que no lo necesitará dentro de unos meses.

—¿Es todo? —preguntó Raven sarcásticamente con su acento británico—. Y supongo que quiere la información para ayer.

—Sí —Leiandros no explicó por qué. No tenía por qué hacerlo. Le pagaba bien a Raven para que consiguiera información y no solía contarle las razones para pedirla.

—Afortunadamente para usted, en Estados Unidos es aún la tarde. Mis contactos no tendrán problema en rastrear esa información.

—Bien.

–¿Quiere que se la enviemos por fax o que lo llamemos por teléfono cuando la tenga?

–Por fax. Podría haber fotos –estaba pensando en la posibilidad de que Savannah estuviera saliendo con un hombre.

Lo había dado por hecho, desde su primer encuentro cuando aún estaba casada con Dion. Pero, después de ver cómo se había encendido en sus brazos, se preguntaba si su vida social sería tan activa como él se la había imaginado.

–Bien –Raven colgó.

Leiandros dejó el teléfono y fue a su habitación a darse una ducha fría. Después de lo que había compartido con Savannah en la terraza, estaba más decidido aún a casarse con ella y tenerla en su cama.

No volvería a dejarla escapar.

–¡Mira, mamá! ¡Mira, mamá! –gritó Nyssa.

Savannah dejó de mirar el mar y dirigió su mirada a la piscina de agua cristalina.

Nyssa estaba de pie, al otro extremo de la piscina, mientras Cassia, la niñera que había contratado Leiandros para ayudarla con las niñas, nadaba a unos centímetros de la pequeña. Al parecer, Leiandros había hablado en serio cuando le había dicho que quería que las niñas y ella hicieran de su casa su propio hogar. Hasta había contratado a una niñera a tiempo completo. Cuando el ama de llaves le había presentado a la niñera durante el desayuno, la primera reacción de Savannah había sido rechazar cualquier ayuda. Pero la joven griega se había ganado su simpatía con su deseo de complacer, y Savannah finalmente había aceptado.

En cuanto se dio cuenta de que Savannah estaba mirándola, Nyssa se tiró a la piscina, cerca de Cassia.

Savannah aplaudió al verla bajar al fondo del agua, tocarlo y salir nuevamente a la superficie, antes de nadar hacia el borde y salir de nuevo.

Savannah miró a Eva, animándola. Eva, que había estado esperando a que su madre se diera cuenta de que quería hacer una demostración, se tiró al agua de pie en la parte poco profunda, e hizo una voltereta en el agua.

—Yo también quiero hacerlo —dijo Nyssa.

Eva salió a la superficie.

—¡Lo has hecho muy bien! —gritó Savannah.

—Estoy de acuerdo —se oyó una voz masculina.

Aquel sonido fue como una inyección de adrenalina para los sentidos de Savannah, y reaccionó dándose la vuelta.

Pero no lo miró.

Leiandros se puso de pie detrás de ella, tan cerca que sentía su magnetismo.

—Les gusta mucho el agua —comentó.

Ella asintió, mirando distraídamente la terraza del primer nivel, sin fijar sus ojos en él. Pero pronto se dio cuenta de su error, porque aquella terraza evocaba la escena de la noche anterior. Y sintió deseo al recordarlo.

—Sí. A Eva y a Nyssa siempre les ha encantado el agua. Recibieron clases de natación cuando Nyssa cumplió los dos años —comentó Savannah.

Leiandros levantó el libro que ella tenía en el regazo, rozándole los muslos. Ella se tensó.

—¿Qué... Qué ? —empezó a decir.

Leiandros ni siquiera miró el libro. ¿Qué pretendía con su gesto, entonces?

—No me gusta estar hablando contigo sin que me mires. ¿Te cuesta tanto mirarme?

Ella intentó controlarse y se preparó para mirarlo. Estaba más atractivo que nunca, con un polo blanco y unos pantalones de lino color caqui. Su ropa realzaba cada línea de sus músculos. Y ella hubiera deseado tocarlo.

Deseó poder disimular el calor que sentía, y se cruzó de brazos como para que sus pezones no expresaran lo que ella quería ocultar.

—¿Qué quieres?

—Hablar.

—No me parece un buen momento ni un buen lugar para hacerlo —contestó ella, indicando a Cassia y a las niñas jugando juntas en la piscina.

—Estoy de acuerdo en que el lugar no es adecuado. Nos interrumpirían. Pero sí es el momento ideal de hacerlo. Cassia está al cuidado de las niñas. Seguramente se alegrarán de poder jugar un rato más.

—No quiero que las niñas se expongan demasiado al sol —respondió Savannah, desesperada por encontrar una excusa para posponer una conversación entre ellos.

—Cassia puede llevarlas adentro a ducharse y a tomar un tentempié cuando sea el momento. Es una niñera experimentada.

—Una niñera que contrataste sin mi consentimiento.

—¿Hay algún problema con Cassia? Si lo hay, podemos encontrar otra niñera.

—Es contigo con quien tengo un problema; el de que quieras dirigir mi vida.

Leiandros se rio suavemente.

—¿Vienes?

Savannah se dio por vencida. No serviría de nada posponer una conversación con él.

–De acuerdo –Savannah se puso de pie–. Déjame que hable con Cassia, y seré toda tuya.

De pronto se dio cuenta de lo que acababa de decir. Leiandros simplemente sonrió.

–Ya lo eres –respondió.

Savannah le hubiera soltado una retahíla de juramentos nada propios de una dama.

–No lo soy –dijo ella, poco convencida, como si fuera una niña de seis años.

Leiandros sonrió, pero no se molestó en discutir con ella.

Savannah se giró para marcharse, pisando un charquito de agua que la hizo resbalar y casi se cayó en la tumbona, pero, igual que en el aeropuerto, Leiandros la sujetó.

–Cuidado, *yineka mou*.

Su tratamiento cariñoso le chocó tanto como el tacto de sus dedos contra sus pechos. Llevaba un vestido indio de verano, largo y recto, y no llevaba sujetador. Lamentaba no habérselo puesto, porque sus pezones se pusieron duros.

Tanto el modo en que la había nombrado como su actitud, demostraban posesión.

–¿Te has vestido de este modo para mí? –preguntó él con una voz muy sexy, casi al oído.

–No –contestó inmediatamente–. Hace calor. No tengo mucho pecho, así que generalmente no hay problema en que no lleve... en ir sin... –no podía pronunciar la palabra.

¡Era increíble!, pensó Savannah. Un día reaccionaba con él como una ninfómana y al otro se ponía colorada por decir «sujetador».

Leiandros le tocó brevemente el pecho y luego volvió a poner los dedos en la posición anterior.

–Tienes razón.

Savannah reprimió un gemido. Cassia y las niñas estaban de espaldas a ellos, jugando en la parte baja de la piscina.

–No hagas eso.

Leiandros, al parecer, tenía el don de controlar su cuerpo y excitarlo cuando quería.

–¡Tu cuerpo es tan sensible a mi tacto! Cualquier hombre lo encontraría irresistible. Y yo no soy una excepción.

Savannah hubiera deseado gritar. A Leiandros solo le importaba cómo reaccionaba ella ante sus caricias. Ni siquiera se molestaba en decirle que era atractiva.

–Déjame. Puedo ponerme de pie yo sola ahora.

Sorprendentemente, Leiandros la dejó.

Savannah se acercó a Cassia y le dio instrucciones de qué hacer con las niñas durante la siguiente hora aproximadamente, con la esperanza de que la conversación con Leiandros no durase más.

Leiandros la acompañó a su estudio y cerró la puerta.

–Le he dicho a Felix que no nos molesten.

–Comprendo –respondió Savannah.

–Siéntate –le indicó una silla de piel que había frente a un gran escritorio de nogal.

Ella se sentó.

–¿Quieres beber algo? –preguntó él, abriendo el minibar, disimulado como si fuera uno de los armarios de nogal que formaban parte de la biblioteca que cubría la mayor parte de las paredes de la habitación.

–Sí, por favor. Un vino.

–Como no sueles beber alcohol, supongo que crees que te hace falta algo que te dé fuerzas para nuestra conversación –dijo él sardónicamente.

Sabía que estaba nerviosa, maldijo ella.

–Me daría igual beber agua mineral.

Él la ignoró y le sirvió un vaso de vino.

Savannah bebió inmediatamente cuando se lo dio. Él se sirvió zumo de fruta, y ella pensó que había cometido un error, puesto que era evidente que Leiandros no quería que el alcohol enturbiara sus pensamientos.

Savannah se quedó a la espera de que hablase Leiandros. No pensaba iniciar ninguna conversación que pudiera desvelar sus miedos.

Leiandros se apoyó en el escritorio, casi sentado al borde. Estaba demasiado cerca de ella. Bebió su zumo y la miró. Savannah bebió también, y lo miró, para demostrarle que no la intimidaba.

Cuando Leiandros se había bebido la mitad de su zumo, habló:

–Podemos casarnos el próximo domingo. Ya he visto las formalidades legales que hay que cumplir y he contratado a un sacerdote. Naturalmente, nos casaremos en la capilla de la mansión.

El vaso de Savannah se le cayó de las manos. Su mente se había quedado petrificada. No podía creerlo.

Aquella idea la asustaba tanto como la tentaba. Comprendía el miedo. ¿Qué mujer que hubiera sufrido lo que ella había sufrido habría querido volver a casarse? Pero la excitación ante aquella idea no la entendía.

No podía querer casarse con él realmente. ¿Era posible? ¿Quería decir eso que lo amaba? Se sintió mareada de solo pensarlo. Sabía que él no podía sentir lo mismo, que no la respetaba. No podía amarla. Pero no comprendía qué lo motivaba a proponérselo.

–No –respondió Savannah.

Él no pareció ofendido. Al contrario, se rio afectadamente.

–No te he hecho una pregunta. Te he informado de cosas que ocurrirán.

Ella se estremeció. Respiró profundamente para tratar de serenarse.

–No estamos en la Edad Media. Necesitas mi consentimiento para casarte conmigo, y no te lo daré.

–¿Crees que no?

–No lo creo. Lo sé.

–Creo que cambiarás de opinión cuando conozcas todos los detalles de la situación.

–¿Qué detalles de la situación?

–¿No sabes que Dion en su testamento me nombra ejecutor y único fideicomisario de sus posesiones?

–Sí.

¿Creía que podría chantajearla con el dinero?

–¿Te das cuenta además de que Dion me nombró tutor de Eva y Nyssa en caso de muerte?

–¿Qué quieres decir? Yo soy su madre y única tutora.

Leiandros sonrió con su dentadura blanca.

–En Estados Unidos, es cierto, sí. Pero en Grecia, yo soy su otro tutor. No puedes llevarte a las niñas del país sin mi consentimiento. Te aseguro que voy a seguir tus pasos mejor que mi primo. No vas a marcharte en mitad de la noche y llevártelas a América sin que yo lo sepa.

Savannah sintió náuseas.

–No puedo creer que quieras quitarme a mis hijas.

–No, quiero casarme contigo y que vivamos todos en Grecia, juntos.

–No puedo quedarme aquí –respondió ella. Estaba pensando en su tía, estable en aquel momento. Pero que tal vez no viviera más de unos meses o unas semanas. Tengo que volver a Atlanta–. Tengo responsabilidades allí.

–Responsabilidades que no podrás satisfacer si no recibes el dinero de tu pensión.

¿Sabría lo de su tía Beatrice?

–No –susurró ella–. ¿Por qué me haces esto? No es posible que quieras casarte conmigo.

–Te equivocas. Lo considero una cuestión de justicia.

–¿Justicia? ¿Por Dion?

–Por ti, he perdido a mi primo y a mi esposa.

–¿Qué...? ¿Cómo puedes decir eso? Yo ni siquiera estaba en Grecia cuando sucedió el accidente.

–Exactamente. No estabas aquí cumpliendo con tu deber de esposa. Robaste a sus hijas. Le robaste su hombría. Dion perdió el juicio, buscando consuelo en fiestas y en una vida descontrolada. Se llevó a Petra con él.

Savannah agitó la cabeza.

–Si Dion era tan inestable, ¿qué hacía tu esposa con él?

–Eran amigos. Él era mi primo. El accidente tuvo lugar porque había bebido para ahogar el dolor que le había causado tu negativa a traer a las niñas a Grecia.

¿Cómo podía creer aquello?

–Crees que Dion era un santo, ¿verdad? –preguntó, desesperada

–Un santo, no, pero sí un hombre maltratado por su esposa –la acusó, furioso.

–Le dije que podía visitar a las niñas –Savannah entrelazó sus dedos en su regazo, para disimular su nerviosismo–. No hacía falta que ahogase su dolor.

–¿Y pretendes que te crea?

–Si crees que soy tan odiosa y embustera, ¿por qué quieres casarte conmigo?

–Me lo debes.

–¿Qué? ¿Qué te debo?

–Le debes tus hijas a la familia Kiriakis para reemplazar la pérdida de su padre. Me debes una esposa. Y me debes un hijo.

–¿Un hijo?

–Petra estaba embarazada de cuatro meses cuando murió.

Fue un shock para Savannah.

–No... –dijo.

–Sí. Vas a casarte conmigo y me darás un hijo para reemplazar al hijo que perdí.

–No –respondió ella. Sintió un frío que la recorría, y vio luces rojas con destellos frente a sus ojos.

–Sí –dijo él, implacable, decidido.

El mundo de pronto se volvió negro, y ella sintió que se le aflojaban los músculos. Después ya no vio nada más.

Capítulo 6

DESPIERTA, *moro mou*. Venga, Savannah. Aquella voz la devolvió a la consciencia, junto a la sensación de algo húmedo y frío acariciando su rostro.

Volvió en sí y se descubrió en el sofá de piel que había al otro extremo del estudio.

Leiandros estaba sentado cerca de ella, poniéndole un paño frío y húmedo en el cuello, con increíble amabilidad.

Ella lo miró. Estaba algo mareada aún, como si hubiera bebido mucho champán. Pero no había estado bebiendo champán. Solo un vino, y apenas medio vaso.

De pronto recordó. Se puso rígida y quitó la mano de Leiandros.

—Tú me acusas por la muerte de tu esposa y de tu hijo —dijo.

Leiandros dejó el paño en la mesa.

—La delimitación de culpas no importa ahora. Se hará justicia cuando te cases conmigo y te quedes embarazada de un hijo mío.

Savannah intentó erguirse y él la ayudó. Su muslo le rozó la pierna. Intentó apartarse.

—No voy a casarme contigo, Leiandros. No dejaré que uses mi cuerpo como si fuera una yegua que tiene que demostrar tu masculinidad.

Leiandros extendió la mano y le puso un mechón de cabello detrás de la oreja. Sus dedos le acariciaron el rostro antes de quitarse.

Ella se estremeció. Él sonrió.

–No necesito probar mi masculinidad, pero quiero tener hijos y tú me los vas a dar.

Savannah sintió un mareo.

–No.

–No tienes alternativa –la amenazó.

–Te equivocas. Puedes obligarme a quedarme en Grecia reclamando la potestad de mis hijas, pero solo hasta que convenza a la corte de justicia de que me deje volver a Atlanta. No puedes obligarme a casarme contigo.

–Creo que sí –Leiandros puso su mano en su muslo con un gesto íntimo e intimidatorio–. Piensa en esto, Savannah. No tienes dinero si no es el que te doy yo. No tienes forma de pagar a un reputado abogado para defender tu caso. No tienes recursos para pelear por la custodia de Eva y Nyssa. Y yo pelearé. No lo dudes.

Su voz seductora casi hizo que se olvidara de sus palabras.

–No. No vale la pena para ti.

–¿No?

Ella no podía pensar, teniendo su mano puesta encima, aun con una tela entre medio. Su mirada iba de la mano de Leiandros a su rostro. Debería de haber quitado su mano, pero en realidad lo que deseaba era que esa mano se posara en el lugar donde su carne ardía por él.

Su cuerpo había estado muerto durante cuatro años. ¿Cómo podía resucitarlo un hombre que amenazaba su paz y estabilidad?

–Eva y Nyssa pertenecen a Grecia.

Ella le miró la boca, aquella cavidad que atormentaba su mente y su cuerpo.

–Un juez griego dictará sentencia a mi favor. En Grecia, la familia lo es todo, y yo no quiero separarte de tus hijas. Solo quiero que crezcan junto a su extensa familia.

De pronto, Savannah volvió a la realidad del presente, aunque la mano de Leiandros estaba cerca de su sexo. Le agarró la muñeca y trató de quitarla, pero no pudo. Al menos, él dejó de hacerle esas pequeñas caricias.

–Venderé mi casa para pagar la batalla legal –dijo Savannah, desesperada.

–¿Y tu tía? –preguntó él con voz aterciopelada–. Para cuando vendas la casa, ella ya habrá sido trasladada a una residencia estatal.

Ella se quedó inmóvil.

–Eres peor que Dion –comentó Savannah.

–¿Qué quieres decir?

Ella agitó la cabeza. No quería exponer sus sentimientos ante Leiandros, por si los usaba en ventaja suya.

–¿Cómo has sabido lo de tía Beatrice?

–Anoche llamé a un detective. Esta mañana he recibido su informe.

¡Había contratado a un detective para que averiguara cosas sobre ella!, pensó Savannah.

–¿Qué más te ha contado?

–Muchas cosas interesantes –Leiandros le apretó el muslo.

Savannah agarró su muñeca y apartó su mano un par de centímetros.

–No quiero que me toques.

–¿De verdad? –sus ojos marrones la miraron sin piedad–. Te gusta. Hace un momento casi me estabas pidiendo más.

–No es cierto.

Él se rio.

–Sí lo estabas haciendo –Leiandros se inclinó hacia ella, moviendo la mano hacia su femineidad.

Ella se sintió vulnerable ante su asalto.

–¿Quieres que te lo demuestre?

Ella agitó la cabeza.

–No, no lo hagas.

Si la besaba, estaba perdida.

La boca de Leiandros estaba a centímetros de la de ella. Sentía su respiración y su fragancia masculina.

–Admítelo.

Savannah se echó hacia atrás.

–No –respondió ella, desesperada.

Leiandros sonrió.

–¿Quieres saber qué dijo el detective?

Evidentemente no había descubierto la razón por la que ella se había marchado a los Estados Unidos. De lo contrario, no hubiera seguido culpándola por la muerte de Dion. ¿O sí? Savannah tembló.

–Sí –respondió.

Leiandros deslizó la mano hacia su cadera, y con la otra sujetó su nuca, estrechando a Savannah en sus brazos.

–Que no has salido con nadie. Nunca. Ni una vez en los tres años que lleva viviendo frente a tu casa una vecina viuda.

Savannah se sintió vulnerable al saber que él conocía detalles de su vida social.

–Con quien salga, o si salgo con alguien no es asunto tuyo.

Al principio no había salido con nadie porque había estado casada, pero aun después de la muerte de Dion seguía sintiendo miedo de los hombres. ¿Dónde estaba ese miedo ahora?, se preguntó. ¿Por qué no la estaba protegiendo de la potente atracción que ejercía Leiandros sobre ella?

–Todo lo relacionado contigo es de mi incumbencia. Tú vas a ser mi esposa y la madre de mis hijos.

–No lo seré.

Él no se molestó en discutir.

–También dijo que estabas a punto de un ataque de nervios.

–¡Qué ridículo!

Leiandros agitó la cabeza.

–Según tu vecina, apenas duermes, pasas mucho tiempo en la carretera yendo y viniendo de Brenthaven, y necesitas más ayuda con las niñas. La estudiante que has contratado no es suficiente.

Savannah se sintió expuesta, como si todos sus secretos estuvieran al desnudo.

–Puedo arreglármelas con mis hijas y con mi tía enferma.

Admitía que estaba un poco agotada antes de viajar a Grecia, pero decir que estaba a punto de un ataque de nervios era exagerado.

–¿No te das cuenta de que el matrimonio conmigo puede beneficiarte? Has estado sola demasiado tiempo. Yo me ocuparé de ti. Aquí tienes a Cassia para que te ayude a cuidar a las niñas y Eva y Nyssa tendrán una madre y un padre, como debió ser desde el principio.

Leiandros no sabía cuánto deseaba ella una familia.

Siempre había querido tener una, y se había casado demasiado joven y tonta para hacer realidad ese sueño. Solo que el casarse con Dion había transformado sus sueños en pesadillas. ¿Le estaría proponiendo Leiandros algo diferente?

–También puedo pagar la estancia de tu tía en Brenthaven.

–Ella me necesita allí.

–El médico ha dicho que tu tía ya no recuerda quién eres tú. Necesita cuidado, pero no de ti.

Sus palabras la hirieron, porque era verdad. Sintió ganas de llorar. Pero ella no lloraba nunca y no iba a hacerlo en aquel momento, frente a su enemigo.

–Necesitas un período de descanso. Estás cansada y agotada emocionalmente. Hasta yo me doy cuenta. Y no llevas en Grecia más de veinticuatro horas.

Ella se rio amargamente.

–Así que ahora eres considerado conmigo... –dijo ella burlonamente–. Tu sed de venganza parece demostrar algo muy distinto, y mi agotamiento emocional se debe a tía Beatrice. No tiene nada que ver contigo y con tu intento de chantaje.

En realidad, lo que más le pesaba era la idea de que Leiandros la considerase una incubadora humana. No podía pasar nuevamente por ese dolor. Cada mes que no se quedaba embarazada, Dion se lo echaba en cara, y la había acusado de ser un fracaso como mujer, de tomar algo para no quedarse embarazada. Y sabía que la humillación no terminaba ahí. Tenía que tener un hijo varón. Un heredero de los Kiriakis. Leiandros sería igual. Él había perdido un hijo y esperaba reemplazarlo.

Leiandros le acarició la oreja, y luego finalmente quitó la mano.

–Se hará justicia, Savannah. No estoy buscando venganza. Pero la justicia no impedirá que tú te beneficies también de nuestro matrimonio.

–Beneficiarme... –susurró ella, débilmente.

–*Yineka mou*.

Otra vez el tratamiento cariñoso. Pero ella no era su mujer. No era su esposa.

–Tu cuerpo se enciende cuando te toco. No será mucho sacrificio para ti concebir un hijo conmigo.

Ella se puso colorada.

–¿Y qué si no puedo? –preguntó Savannah, desesperanzada.

–Has tenido dos hijas. Es la prueba de que puedes tener hijos. Petra quedó embarazada a los dos meses de intentarlo. ¿Por qué va a ser diferente contigo?

Savannah se cubrió instintivamente el vientre.

–¿Y qué pasa si es diferente?

–¿Por qué te preocupa eso? ¿Te has hecho alguna operación o algo así? –preguntó con rabia Leiandros.

Savannah suspiró.

–No me he hecho ninguna operación. Jamás he tomado la píldora, ni me he puesto algo para no quedar embarazada –dijo, recordando las acusaciones de su marido, mes tras mes cuando le venía el período, durante el primer año de casados.

–Entonces, no hay nada de qué preocuparse.

Savannah recordó la sensación de humillación que había sentido por no concebir tan fácilmente aquella primera vez. Se había sentido menos mujer...

–No quiero casarme contigo.

Leiandros agitó la cabeza.

–Eres muy cabezona.

–Sí. Y no me voy a casar contigo –dijo más convencida.

–Lo harás. Me lo debes. Se lo debes a Helena y Sandros. Se lo debes a Eva y Nyssa.

Savannah se puso de pie. Sus palabras la habían indignado. A sus hijas les debía seguridad y amor. No les debía un lugar en una familia que las había rechazado una vez.

–¡No le debo nada a nadie! –exclamó Savannah–. No digas nada. Tú ya has hablado bastante. Ahora me toca a mí –estaba furiosa–. No es culpa mía que Dion condujera bajo los efectos del alcohol. Él tomó esa decisión. Tú tomaste la decisión de dejar que tu joven esposa tuviera amistad con un hombre inestable. Si no hubo más que amistad...

Ella conocía bien la forma que Dion tenía de probar su masculinidad al ver que ella no quedaba embarazada.

Leiandros pareció indignado.

–¿Estás dando a entender que mi primo tenía una aventura con mi esposa?

–Es posible. ¿Cómo sabes que no era así? Tú mismo has dicho que no la amabas. Una mujer necesita emoción en su vida. Seguramente pasabas poco tiempo con Petra. Kiriakis International está primero. No me extraña que ella se fuera con Dion. Él era más de su edad, una compañía agradable, y estaba disponible cuando tú no lo estabas.

Leiandros se puso furioso. Dio un paso hacia Savannah y esta se sintió amenazada, pero no se echó atrás. Él hizo una maniobra con la mano, y ella se apartó rápidamente. Pero él no había estado a punto de pegarle. Leiandros señaló la puerta y le dijo:

–Sal.

–¿Por qué? ¿Es duro escuchar la verdad? ¿Quieres culparme por tu fracaso? Bien. Pero no pienses que lo voy a aceptar. No pienses que me casaré contigo y me convertiré en un animal para procrear. ¿Quieres un bebé? ¡Cásate con otra Petra!

–Vete. Ahora. Antes de que diga algo de lo que podamos arrepentirnos –cada palabra de Leiandros era como una bala disparada hacia ella.

–¿«Digas» algo? ¿No querrás decir «hagas» algo de lo que yo pueda arrepentirme? ¿Qué harás si me niego a marcharme, Leiandros? ¿Qué vas a hacer si mantengo mi creencia de que tu esposa y mi marido podrían haber sido más que amigos?

Leiandros se cegó de furia.

–¿Estás insinuando ahora que podría pegarte? ¿No te alcanza con insultar la memoria de Petra y de Dion con tu lengua venenosa, que tienes que insinuar que soy un monstruo que pegaría a una mujer?

–¿Y no lo harías? –lo desafió ella un poco más.

–No. Te besaría para acallarte, pero te gustan mis besos. Jamás te haría daño físicamente.

Ella había herido su honor, había insultado a su familia y no se había retractado. Sin embargo, Leiandros no había hecho ningún movimiento para pegarle. Ni siquiera la había besado por la fuerza. Solo se había quedado ahí, lleno de rabia, mirándola, como esperando que reconociera la verdad de sus palabras.

Savannah sintió que algo que la había estado oprimiendo en aquellos cuatro años la liberaba. Y dijo:

–Te creo.

–Entonces, créeme también cuando te digo que te vayas.

Savannah se marchó. No porque le tuviera miedo físicamente, sino porque necesitaba tiempo para pensar.

Pero Eva y Nyssa no la dejaron reflexionar. Querían explorar la mansión, así que Savannah se vio caminando por los senderos que tan atractivos le habían resultado la noche anterior.

Estaban en una huerta con higueras cuando Leiandros se unió a ellas.

–Veo que habéis encontrado mi huerta favorita –sonrió a Eva y a Nyssa.

–¡*Theios*! –Nyssa fue hacia Leiandros y este la levantó en el aire y luego la dejó en el suelo.

Leiandros acarició la cabeza de Eva.

–Hola, pequeña. ¿Os gustan los higos a ti y a tu hermana?

–Sí, *Theios*, por favor, ¿podemos probar uno? –preguntó Nyssa.

–Se pueden comer sin problemas. No usamos pesticidas en nuestras huertas –Leiandros cortó dos higos de la planta–. ¿Quieres uno? –le preguntó a Savannah.

–No, gracias –Savannah lo miró–. ¿Les has dicho que te llamen tío?

–Sí.

No se había molestado en preguntarle si a ella le parecía bien, pensó Savannah. Leiandros pensaba que lo que estaba bien para él estaba bien para todos.

Eva, como siempre, terminó el higo primero. Nyssa había estado muy ocupada parloteando por allí, sin importarle si la escuchaban. Eva le tocó el brazo a Leiandros. A Savannah volvió a sorprenderle la confianza que había tomado su tímida hija.

—¿*Theios*?

—¿Sí, pequeña Eva?

—Estoy cansada.

—Entonces, creo que debería llevarte.

—¡Eso sería estupendo! —Eva sonrió, satisfecha.

Nyssa frunció el ceño al ver que Leiandros ponía a Eva en sus hombros.

—Creo que Eva ya no estará tan cansada dentro de un rato, así que podrías llevarme a mí en tus hombros, *Theios* —sugirió Nyssa.

—Si estás cansada, cielo, puedo llevarte ahora —dijo Savannah.

—No creo que me canse hasta que se acabe el turno de Eva —Nyssa corrió hacia una higuera.

Leiandros la siguió, hablando con Eva en voz baja.

Savannah se alarmó un poco por lo bien que sus hijas habían aceptado a Leiandros. ¿Harían lo mismo con Helena y Sandros? ¿Sería un error llevárselas a Georgia, y alejarlas de una extensa familia dispuesta a amarlas?

Eva y Nyssa no tenían otros lazos afectivos con adultos. Su escuela y sus profesoras cambiaban todos los años. No tenían abuelos, ni tíos. Su tía Beatrice, que había sido tan importante durante la infancia de Savannah, tenía alzheimer desde antes de que nacieran las niñas. Y Savannah había estado demasiado ocupada como para hacer otras amistades íntimas.

Se lamentaba de no haber hecho relaciones duraderas para sus hijas.

—¿Vienes, *moro mou*?

Savannah se sintió molesta por su trato cariñoso, y se dio prisa para alcanzarlo.

–¿Por qué le dices «cielo» a mamá? –preguntó Eva.

Leiandros levantó la cabeza hacia Eva y le preguntó:

–¿Cómo sabes que la llamo así?

–Porque lo sé.

–¿Hablas griego?

–Claro –contestó Eva.

–Yo, también –declaró Nyssa.

Leiandros se dio la vuelta para mirar a Savannah.

–¿Les has enseñado griego?

–Sí.

–¿Tú hablas griego?

–Sería difícil enseñárselo si no lo hablase.

Leiandros frunció el ceño al oír su sarcasmo.

Pero ella no se amedrentó. La familia Kiriakis siempre había querido creer lo peor de ella. ¿Por qué se sorprendía tanto de que hablase griego y de que se lo hubiera enseñado a sus hijas? En los tres años que había vivido en Grecia, había hecho un gran esfuerzo por aprender la lengua. Y el profesor que había contratado se había sentido satisfecho del resultado.

Pero nunca lo había compartido con Dion. Para cuando había logrado hablar fluidamente en griego y no tener miedo al ridículo delante de Dion, ya no le había importado su opinión.

–Usamos el griego en el desayuno y a la hora de irnos a dormir. Y en medio el inglés –dijo Eva.

Leiandros miró a Savannah, pasmado.

–¿Les estás enseñando a tus hijas a hablar en mi idioma?

«Su idioma». «Siempre arrogante», pensó Savannah.

–Sí.

–¿Por qué?

Lo había hecho porque había pensado que esa habilidad sería un arma para que sus hijas no se sintieran totalmente despreciadas por sus parientes. Además, había pensado que era importante no negar a sus hijas sus orígenes griegos por parte de su padre, como a ella le habían negado el de su propio padre.

–No quiero perder mi fluidez por no usarlo. Y el ser bilingües siempre será una ventaja para las niñas en el futuro –dijo ella.

–¿*Theios*?

Leiandros se dio la vuelta.

–¿Sí, Nyssa?

–Te gustan los niños, ¿verdad?

–Mucho –respondió él, mirando a Savannah.

–Quieres tener hijos tuyos, has dicho –dijo Eva.

–Sí.

–¿No te conformarías con tener niñas pequeñas que ya hubieran nacido? –preguntó Nyssa.

Savannah se quedó pasmada.

–Sí. Creo que estaría bien tener dos niñas pequeñas –dijo con tono sincero.

–A mí y a Nyssa nos gustan los bebés –comentó Eva–. ¿Quieres más bebés también?

–Sí –Leiandros tocó a Savannah suavemente en el vientre.

–Si te casaras con mamá, serías nuestro papá, ¿no? –preguntó Nyssa.

Eva lo miró, esperanzada.

–Podríais llamarme *bampas* en lugar de *theios*.

Las niñas se pusieron contentas y se dirigieron a Savannah.

–Eva y yo hemos decidido que, puesto que nuestro

otro padre está muerto, sería bueno que te casaras y nos dieras un padre de verdad. Uno que quiera jugar con nosotras y que nos lleve a hombros cuando estemos cansadas. Yo no soy demasiado pesada para dormir en el regazo de *Theios*.

Savannah cerró los ojos. Se sentía atrapada entre el amor por sus hijas, por tesón de Leiandros y su propia debilidad con él.

—Creo que sería una idea excelente que vuestra mamá y yo nos casásemos. ¿Queréis ver la capilla donde tengo pensado casarme con vuestra madre?

Capítulo 7

PASARON una hora más viendo los jardines. Eva y Nyssa reaccionaron con entusiasmo ante la idea de ver la capilla. Esta tenía el mismo tejado rojo que la mansión y también estaba pintada de blanco. Era pequeña como una iglesia de pueblo.

Las niñas comentaron que aquella era una iglesia muy adecuada para un cuento de hadas. Savannah, al ver la actitud conspiradora de los tres, les había dicho enseguida que se negaba a hablar de aquel tema en lo que quedaba de día. Pero para cuando abandonaron la capilla, se sintió atraída e inquieta ante la idea de casarse con Leiandros.

Cuando estaban llegando a la mansión, Savannah sintió una extraña sensación de bienvenida. Kalosorisma quería decir «Casa de bienvenida», y hacía honor a su nombre. Ella nunca se había sentido bienvenida, ni siquiera en el apartamento de Dion en Atenas. Había sido un apartamento típico de soltero, y Dion se había resistido a que ella hiciera cambios para transformarlo en un hogar de una familia. Sin embargo, en aquella enorme mansión se sentía en casa. Como si fuera un refugio.

Cuando entraron, Leiandros bajó a Nyssa de sus hombros. La había subido al regresar de la capilla. Apareció Cassia con una sonrisa tímida en su rostro.

–¿Lo habéis pasado bien al aire libre? –preguntó.

–Esto es estupendo –contestó Eva–. Hay muchos lugares donde jugar y correr y todo es tan bonito... Quiero vivir siempre aquí. Me gusta la piscina y el Mediter Mederanio... Podría tener mi propia habitación.

Eva pareció dejar perpleja a Cassia. Tal vez porque la niña lo había dicho todo en griego. Savannah se sintió orgullosa de su hija. No pronunciaba bien Mediterráneo, pero no tenía ningún problema en expresar sus deseos cuando lo necesitaba.

–¿No te gusta compartir la habitación con Nyssa? –preguntó Savannah.

–Sí, mamá, pero si cada una tuviera su habitación, podríamos jugar a más cosas, como a que éramos vecinas...

Nyssa comentó:

–Cuando Eva quiere leer, yo podría contarme cuentos a mí misma y Eva no se enfadaría.

Eva se dirigió a Leiandros:

–Nyssa solo lee un poquito, pero yo leo muy bien. El griego me cuesta más. Pero mamá dice que estoy mejorando.

Leiandros miró a Savannah.

–Supongo que tú les habrás enseñado a leer también.

Ella asintió encogiéndose de hombros.

–Parece que las dos saben lo que quieren –afirmó Leiandros.

Savannah asintió.

–¿No te parece que tengo suerte de que quieran lo mismo que yo?

–Lo que cuenta es lo que quiero yo –dijo ella valientemente.

Pero no podía ignorar el deseo de sus hijas de quedarse en Grecia y de tener un padre.

—Pero sus deseos no te serán del todo indiferentes...

Savannah no quiso mirarlo. Se dirigió a Cassia y le pidió:

—¿Te importaría subir a las niñas y bañarlas antes de la cena?

—No hay problema, *Kyria* —Cassia se llevó a las niñas.

Savannah quiso ir tras ellas para darse un baño también, pero Leiandros la detuvo.

—Tengo que hablar contigo un momento —le dijo.

Savannah no lo miró, pero sintió el calor de su mano en el hombro.

—Si se trata de hablar del «matrimonio venganza», olvídalo. Ya he oído bastante del asunto.

—No es una venganza —su mano apretó delicadamente su hombro—. He arreglado todo para que cenemos con Helena y Sandros esta noche en Halkida.

—¿En Halkida?

Leiandros acarició brevemente su clavícula y bajó la mano asintiendo.

—En la capital de la isla. Está a treinta minutos de viaje, cerca de la casa de ellos.

Se suponía que ella debía de saberlo, pero en aquel momento no lo recordaba. Al parecer, Leiandros se había olvidado de que era ella quien decidiría si sus hijas conocerían a sus abuelos.

—¿Qué sentido tiene? —preguntó, resignada.

Como tutor de sus hijas en Grecia, él podía obligarla a que las niñas vieran a sus abuelos.

—¿Qué quieres decir?

–Harás lo que quieras al margen de mis sentimientos. No veo motivo para un encuentro con ellos cuando ya has tomado la decisión. Yo soy la esposa descarriada. La madre que se llevó a sus hijas a vivir a otro país. A tus ojos, soy despreciable, y debo de serlo para Helena y Sandros.

–Te he dado mi palabra –dijo él, tenso.

Nuevamente, ella había insultado su orgullo.

–También me amenazaste con todo tipo de represalias si no aceptaba tu venganza de casarme contigo.

–No se trata de venganza. Se trata de justicia.

Ahora aquello era justicia, pensó ella. Ni siquiera le importaba si ella lo amaba. El amor no tenía cabida en sus planes.

¿Y si ella lo amase? ¿Si lo hubiera amado desde hacía siete años y él fuera el único hombre al que podría entregar su cuerpo?

Sintió pánico.

–¿Quieres decir que si decidiera que es mejor que Eva y Nyssa no vean a sus abuelos tú lo aceptarías?

–Eso no va a suceder –dijo, seguro de sí mismo.

–¿Cómo estás tan seguro? ¿Porque crees que ningún Kiriakis puede hacer mal? Tú no estabas allí el día que Helena rechazó a Eva, pero yo no lo olvidaré jamás. No permitiré que mis hijas sufran nuevamente un rechazo como aquel.

Leiandros agitó la cabeza negando sus palabras.

Ella se sintió molesta. ¿Qué sabía él?

–Cuando les mostré las fotos que le mandaste a Dion, los dos se emocionaron. Tienen muchas ganas de conocer a sus nietas.

—¿Cuándo les mostraste las fotos? —preguntó Savannah, sintiéndose traicionada.

—Hace dos semanas, después de nuestra conversación telefónica.

—¿Te refieres a la llamada en la que me chantajeaste para que trajera a mis hijas a Grecia? ¿En la que me prometiste que decidiría yo? —comentó ella con sarcasmo.

—Y lo decidirás tú —respondió él.

—¿O sea que me apoyarás si me niego?

—Sí.

Hicieron el viaje en silencio.

Savannah parecía estar yendo a un juicio y no a una cena, pensó Leiandros.

Ella no dejó de mirar por la ventanilla del coche, aunque solo viera árboles en el camino. Solo quería ignorarlo, pensó él.

Savannah se había vestido nuevamente de forma sencilla, pero elegante, apenas un poco de tacón y el cabello recogido de forma algo desordenada pero sexy.

Leiandros hubiera querido tocar esos mechones rebeldes que rozaban su nuca. Aun recatadamente sentada con las rodillas juntas estaba sensual.

Era sorprendente. No había podido decir «sujetador» delante de él, y sin embargo no sentía pudor con su cuerpo.

—Estaremos en casa de Sandros en unos minutos.

Ella asintió, sin dejar de mirar por la ventana.

—Lo sé. Reconozco la carretera.

—Dion no te llevaba a ver a la familia muy a menudo.

–No.

–¿Es por ello que estás tan nerviosa esta noche?

Ella lo miró, sin revelar nada de lo que pensaba.

–No estoy nerviosa, solo que sé que no será muy agradable, y me anticipo al malestar.

Leiandros se reprimió una respuesta poco amable. Tenía que aceptar que ella no veía a su familia como él, al igual que no veía su responsabilidad en los acontecimientos de hacía un año.

–Todo irá bien. Debes confiar en mí, Savannah.

–¿Debo confiar en ti? –lo miró fijamente con sus ojos verdes–. No creo que fuese muy inteligente por mi parte hacerlo.

–No quiero hacerte daño y no dejaré que nadie haga daño a Eva y a Nyssa. Te doy mi palabra –él miró su reacción.

Realmente no sabía qué le estaba pasando. ¿Qué le importaba que ella confiara en él? ¡Si más de una vez lo había insultado y herido en su honor y su orgullo! ¿Seguiría sin reconocer Savannah el papel que asumía él en su vida, el de protector y amante?

–Gracias –dijo Savannah.

Al final, ella pareció aceptar sus palabras. Él hubiera deseado besar esa boca lasciva para sellar ese nuevo lazo de confianza, pero en ese momento la limusina se detuvo. El chófer bajó para recoger a Sandros y a Helena.

Savannah se puso pálida.

–Tienes que confiar en mí.

Al ver su vulnerabilidad, Leiandros se sintió incómodo. No había contado con esa reacción. Siempre había creído que era una mujer incapaz de pudor o vulnerabilidad.

Ella cerró los ojos y respiró profundamente.

—Creo que confío en ti y eso me asusta más que el encuentro con mis antiguos suegros.

¿Por qué tenía miedo de confiar en él? Toda su familia confiaba en él, ¿por qué ella no podía hacer lo mismo?, se preguntó Leiandros. Reconocía que había usado amenazas para la proposición de matrimonio. Pero cualquier hombre de negocios hubiera hecho lo mismo. Desde muy joven había aprendido a usar todas las armas a su disposición para conseguir lo que quería, ya fuera en Kiriakis International o en su vida personal. Y había hecho lo mismo con Savannah.

Él quería un matrimonio. Quería que ella le diera hijos. Quería justicia. Así que había encontrado sus debilidades y las había capitalizado. Pero ella también se beneficiaría casándose con él. Y según su vecina de Estados Unidos, necesitaba que la cuidasen. Él había estado cuidando a su familia durante años. También podría cuidar a Savannah y a sus hijas.

Sandros y Helena siguieron al chófer, en dirección a la limusina.

—Iona está con ellos —lo acusó Savannah.

—Yo no la invité, pero ella es tu cuñada, y tiene siete años menos que tú. No creo que represente una amenaza.

La expresión de Savannah se hizo distante.

—No importa.

Él no había dicho nada malo, pero de pronto se sintió culpable. ¡Maldita sea! Se estaba volviendo demasiado protector. Savannah tendría que controlar sus temores y aceptar que formaba parte de su familia.

Leiandros asintió y respondió:

–Me alegro de que te des cuenta de ello.

Savannah no se molestó en contestar, y entonces se abrió la puerta. Savannah se movió hacia el extremo del asiento.

Helena entró, saludó a Leiandros con un abrazo y besos y se sentó en el otro extremo.

Iona entró con una sonrisa.

–Buenas noches, primo. Mamá me ha invitado a venir con vosotros esta noche. Espero que no te importe...

–En absoluto –Leiandros le dio un beso.

Iona se sentó cerca de él.

–Estás estupendo.

Leiandros se rio.

Cuando Sandros se sentó al lado de Savannah y la saludó con el tradicional beso en ambas mejillas, ella se quedó rígida, sonriendo forzadamente.

Leiandros la observó prepararse mentalmente para devolver el saludo a Sandros con un beso rápido en la mejilla y luego echarse hacia atrás. Entonces se dio cuenta de dos cosas: que ni Helena ni Iona se habían molestado en saludarla, y que Savannah no quería estar sentada al lado de Sandros.

La vio apartarse un poco, como poniendo una barrera entre los otros ocupantes del coche y ella.

¿Cómo no había contemplado esa posibilidad? Sabía lo aprensiva que era con los hombres. Casi había salido huyendo en el aeropuerto cuando él la había tocado y, cuando se había despertado en sus brazos, en el coche, se había apartado rápidamente.

Era verdad que con él se comportaba de otro modo. Pero eso no quería decir que se sintiera cómoda con la proximidad de otra persona de sexo masculino. Daba la impresión de ser una mujer que había sido maltratada. ¿Le habría hecho daño alguno de sus amantes?

La idea lo puso furioso. Quería una explicación inmediatamente, pero no podía tenerla. Tampoco podía hacer nada para evitar su aprensión a Sandros sin causar incomodidades a otras personas.

La miró deseando que Savannah lo mirase. Quería demostrarle que él estaba con ella y que la protegería.

La obligación de un hombre era proteger a su mujer, y eso no tenía nada que ver con sentimientos de debilidad ni con afecto.

Mientras él reflexionaba, Helena e Iona habían iniciado una conversación sobre la moda en Grecia, que claramente excluía a Savannah. Iona hizo un comentario acerca del mal gusto de algunas mujeres en América, y Helena estuvo de acuerdo. No se dieron cuenta de que Savannah entendía todo, pero eso no justificaba su comportamiento.

Sandros estaba sentado en silencio.

—Puesto que el propósito de esta noche es que Savannah vuelva a reunirse con la familia, creo que sería mejor que la incluyerais en la conversación, Helena –dijo Leiandros.

—Sí, por supuesto –respondió Helena sin entusiasmo.

Iona resopló.

Sandros miró a su hija y palmeó la mano de su mujer.

—Recuerda, inglés –le dijo.

Leiandros puso cara de desagrado y dijo:

—No hace falta. Tal vez no sepáis, como no lo sabía

yo, que Savannah habla el griego con fluidez, y que incluso se lo ha enseñado a sus hijas. La mayor está aprendiendo a leer en griego también.

–¿Te lo ha dicho ella? –preguntó Iona con desprecio–. Realmente, Leiandros, no creía que fueses tan ingenuo. La mayor no tiene más de cinco años. Una niña de esa edad no es capaz de hacer eso.

Leiandros vio que Savannah miraba por el rabillo del ojo y que Iona estaba arruinando cualquier posibilidad de que Helena y Sandros pudieran ver a las niñas.

–Te equivocas, Io. Puedo asegurarte que ambas niñas hablan el griego con fluidez, porque he hablado con ellas en griego, y Eva lo lee, como he podido comprobar cuando la acuesto por las noches.

Iona miró a Savannah por primera vez.

–Muy lista. ¿No es una pena que no hayas compartido tus habilidades con tu marido?

–Io, o decides tener buenos modales o, cuando lleguemos al restaurante, te enviaré de regreso a casa en un taxi.

Los ojos de Iona se llenaron de lágrimas.

–¡No es justo! Nos tratas como a delincuentes cuando es ella la que ha obrado mal. ¡Es una arrogancia por su parte arreglar un encuentro con mis padres para decidir si podemos formar parte de la vida de las hijas de Dion!

–Sus nombres son Eva y Nyssa. Son seres humanos con pensamientos, sentimientos y necesidades. No son posesiones por las que pelear, como una pieza de joyería o algo así –contestó Savannah con vehemencia–. Eva es la mayor. Tu madre la vio una vez. Nyssa tiene un año menos y no tuvo la oportunidad de conoceros –dijo Savannah con voz firme.

Helena la miró, sorprendida. Sandros, en cambio, ni se inmutó. Iona abrió la boca, pero Leiandros la acalló.

–Dejemos algo claro. Savannah no es la responsable de este encuentro. Yo soy el responsable. He sido yo quien invitó a tus padres. Soy yo quien he aceptado que nos acompañes y no sé si no ha sido un error. Pareces una adolescente.

Iona se escandalizó y, en lugar de mirarlo a él, miró a Savannah con veneno en los ojos.

–Sé que Leiandros ha aceptado este encuentro solo porque tú lo has forzado a ello.

Leiandros apretó el brazo de Iona para advertirle que se callara.

–Como tutor escogido por Dion para cuidar de sus hijas, y cabeza de familia, es mi responsabilidad garantizar sus intereses.

Sandros asintió.

–Exactamente –respondió Sandros.

Leiandros esperó un momento para que sus palabras impactasen más.

–No creo que una relación hostil de su madre con la familia sea beneficioso para Eva y Nyssa.

–Leiandros, no puedo creer que tú apoyes sus planes de mantener a las niñas alejadas de nuestra familia –replicó Helena..

Iona asintió vehementemente.

Sandros se acercó a Savannah.

–Si Leiandros no hace lo que ha dicho, lo haré yo –dijo–. Ninguna nieta mía va a presenciar una escena como la que está teniendo lugar en este coche. Ni mi esposa ni mi hija han tenido la cortesía de saludar a la madre de esas pequeñas, y la conversación hasta ahora ha sido muy desagradable –dijo Sandros.

–¿Cuándo has visto que yo no haya cumplido con mi palabra? –dijo Leiandros.

–Nunca –admitió Iona.

–Por supuesto que tú cumples con tu palabra –respondió Helena.

–Entonces, debéis aceptar que dar la bienvenida a vuestras nietas en vuestra vida significa hacer las paces con Savannah primero.

Iona se alejó de él y cruzó los brazos, en un gesto infantil de desafío.

Leiandros miró a Helena.

–Haré todos los esfuerzos necesarios –dijo Helena.

Sandros volvió a palmear su mano.

–*Yineka mou*, eres una esposa digna de respeto.

–Iona, cambia el asiento con Savannah. Es evidente que es mejor que estés sentada al lado de tu padre.

Leiandros no podía soportar un segundo más la rigidez de Savannah.

Iona se levantó sin molestarse en contestar. Savannah se quedó sentada. Evidentemente no había prestado atención a la discusión.

–Savannah. *Pethi mou*. Ven aquí.

Savannah pareció despertarse de un sueño.

–¿Que vaya contigo?

Iona dijo impaciente:

–No te hagas la estúpida. Una mujer capaz de enseñar a hablar a sus hijas en griego y a leer antes de los seis años puede comprender una simple orden.

Savannah se levantó y se sentó al lado de Leiandros.

Leiandros le tomó la mano y acarició su palma con el pulgar. Ella se estremeció y se acercó más.

—Gracias —susurró.

Leiandros le apretó la mano. Sentía algo muy agradable cuando ella hacía causa común con él. Su gratitud podría convertirse en adictiva.

Capítulo 8

SANDROS había elegido un restaurante de un hotel de cinco estrellas, y se notaba.

Todo era elegante y lujoso. No dudaba que la comida estuviera a su altura.

Pero, después de la escena en el coche, ella no tenía mucho apetito.

Leiandros pasó un brazo por el respaldo de su silla y rozó su espalda con sus dedos. ¿Tenía alguna idea del efecto que provocaba en ella?

—Relájate, *pethi mou*. Todo irá bien.

Savannah respiró profundamente e intentó obedecerlo.

—¿Cómo puedes creer eso? Me odian —dijo ella, aprovechando que Sandros estaba pidiendo al camarero—. ¿Qué les espera a Nyssa y Eva?

—Tus hijas no tienen que ver contigo. Sus abuelos las quieren ya, solo de verlas en las fotos. Imagínate lo felices que serán cuando las conozcan personalmente.

¿Qué quería decir eso? ¿Que se olvidaría de la conversación del coche y que no le importaba que su familia la odiase en tanto quisieran a Nyssa y a Eva?

El camarero se dirigió a Leiandros, que pidió un vino griego, y luego pidió la comida para Savannah y para él, con su típica arrogancia machista, pensó Savannah.

Ella no tuvo ganas de discutir con él. El camarero

volvió con la botella de vino. Leiandros dio el vino a Sandros para que lo probase. Savannah recordó que Dion decía que su padre era un experto en vinos, sobre todo en los vinos de Grecia. Sandros aprobó el vino y dio permiso al camarero para que lo sirviera.

–¿Prefieres vino con soda?

–Sí –necesitaba tener la mente clara.

–Es suficiente –dijo Leiandros al camarero cuando apenas había servido la tercera parte del vaso–. Traiga una soda, por favor.

–¿Son los vinos griegos demasiado fuertes para tu paladar? –preguntó Iona cínicamente.

Savannah sintió un nudo en la garganta.

Leiandros suspiró.

–Creo que es hora de que te pida un taxi, Iona. Te niegas a ser civilizada y tienes un comportamiento inmaduro, que no hará más que complicar la situación.

¿Creía que con quitarse del medio a Iona se solucionarían todos los problemas?

Sorprendentemente, Iona cambió su cara sarcástica por lágrimas.

–Lo siento –dijo.

Leiandros no se ablandó.

–Te he dicho lo que pasaría si continuabas agrediendo a Savannah.

Iona miró a su padre.

–Papá, por favor, no dejes que Leiandros me pida un taxi. Yo soy de la familia, también –un pequeño sollozo salió de la boca de Iona, que pareció más joven y más vulnerable que antes–. ¿Mamá? –rogó.

Helena permaneció en silencio. Entonces, Savannah puso la mano en el brazo de Leiandros y habló:

–Prefiero que Iona se quede.

Leiandros la miró.

—No quieres que esto salga bien —la acusó Leiandros en un tono tan bajo que solo ella pudo escuchar—.
Estás buscando una excusa para apartar a tus hijas de
su familia.

Ella se sintió herida.

Sus sentimientos no importaban. Después de todo,
todos los comensales eran de la familia Kiriakis. Ella
no. Jamás lo sería. Su familia eran Nyssa, Eva y su tía
Beatrice.

Y hasta eso empezaba a ponerse en entredicho.
Leiandros quería que sus hijas pertenecieran a la familia Kiriakis. Pero a ella no la aceptarían nunca.

—Iona también es de la familia —susurró Savannah
como respuesta y quitó la mano del brazo de Leiandros—. Sé muy bien que Eva y Nyssa solo me tienen a
mí. Si puedo conseguir que la familia de Dion se acer-
que a las niñas sin hacerles daño, me alegraré.

El camarero llegó con la soda.

Savannah se lo agradeció y se la agregó al vino.

—Tienes razón, Iona. El vino griego tiene su propio
y único sabor y requiere una preparación del paladar
para apreciarlo —dijo Savannah.

Iona, que pareció sorprendida por el hecho de que
Savannah quisiera que se quedase, sonrió débilmente.

Leiandros atendió el teléfono móvil y empezó a hablar en un idioma que parecía italiano.

Segundos más tarde, se disculpó por tener que atender la llamada, y se alejó.

—Lo siento. —luego se inclinó y dijo al oído a Savannah—: Sé buena, *pethi mou*.

Sandros le hizo señas con la mano de que estaba
disculpado. Ella se puso nerviosa al sentirse abando-

nada. Prefería tratar con Leiandros, aunque estuviera enfadado, que con la familia de Dion.

Helena dejó la comida sin probar y miró a Savannah, herida.

—¿Por qué? ¿Por qué le dijiste a mi hijo que tus niñas no eran suyas? ¡Él se perdió algo muy importante! Todos nosotros nos perdimos algo muy valioso.

Savannah sintió resentimiento por Dion. Pero no tenía sentido enfadarse con un hombre muerto.

—Jamás le dije semejante cosa. Si lo recuerdas, fuiste tú quien vio a mi hermosa Eva y dijo que no era una Kiriakis —después de clavar la mirada en Helena, miró a Iona—. ¿Os extraña que no haya querido exponer a mis hijas a más desprecio?

—Jamás habríamos hecho tal cosa —dijo Helena.

—¡Pero Dion dijo que tú eras infiel! —exclamó Iona al mismo tiempo.

Savannah contestó a Iona.

—No fui nunca infiel.

—Pero... —siguió Iona.

Savannah la interrumpió.

—Yo no era la responsable de los celos irracionales de tu hermano.

Savannah no pudo defenderse con más contundencia. Porque, aunque nunca había sido infiel a Dion, lo había traicionado, porque había deseado a su primo.

Había deseado tanto a Leiandros Kiriakis que no había tenido la fuerza suficiente como para reprimir totalmente sus fantasías, aunque lo había intentado.

Sandros asintió, como apoyando su afirmación.

—Estaba celoso por su propia sensación de fracaso, no porque le hayas dado motivos para estarlo.

¿Sandros sabía que Dion tenía problemas de bajo recuento de espermatozoides?, se preguntó Savannah.

Savannah no podía creerlo. Dion había puesto tanto empeño en que no se enterase nadie, que la había vuelto loca tratando de conseguir un hijo para probar su virilidad. Y después de todo eso, ¿se lo había dicho a su padre?

–¡Sandros! ¿Qué estás diciendo? –preguntó Helena, irritada.

–Mi hijo vino a verme la mañana del accidente.

–¡No me lo habías dicho! –exclamó Helena.

Savannah también estaba sorprendida.

–No podía –apretó la mano de Helena–. Me dijo que había llamado a Savannah la noche antes y que le había pedido que trajera a las niñas a Grecia. Y que ella no había aceptado su propuesta.

Iona y Helena reaccionaron con más hostilidad.

–Yo invité a Dion a venir a Atlanta a visitar a las niñas.

Ella no se había fiado de que Dion no quisiera aprovecharse de las leyes griegas para forzarla a que las niñas se quedaran en Grecia.

Era una pena que no hubiera hecho lo mismo cuando Leiandros le había propuesto viajar a Grecia. Pero la verdad era que había querido volver a verlo, pensó Savannah.

–Me dijo que había sido generosa. Tengo que admitir que no estuve de acuerdo con él al principio, pero después de decirme que había mentido acerca del comportamiento de Savannah, y de explicarme que la separación había sido culpa suya y el motivo, me di cuenta de lo generosa que había sido Savannah con él.

–Pero ella se llevó a las niñas a América, lejos de la familia –dijo Helena, con voz angustiada.

Sandros le tomó las manos.

–Me confesó que él nunca había aceptado su papel de padre por su propia inseguridad. Estaba obsesionado con tener un hijo.

Sandros miró a Savannah, como rogándole que no dijera nada más explícito. Estaba convencida de que su padre conocía la naturaleza violenta de Dion y que lo avergonzaba. Y quería proteger a Iona y a Helena de esa vergüenza.

Savannah asintió casi imperceptiblemente en señal de acuerdo, y vio el alivio en los ojos de Sandros.

–Dion era joven cuando nos casamos. No estaba preparado para el rechazo de su familia a su esposa –afirmó ella, reflexionando en voz alta acerca de toda la historia de su marido–. Es normal que quisiera culparme a mí. No quería ser rechazado por aquellos a los que quería.

Ella ya no pensaba que Dion la hubiera amado. Estaba segura de que se había casado con ella en un acto de rebeldía contra un futuro programado para él, incluida la elección de esposa.

–Eres demasiado comprensiva –suspiró Sandros–. Pero mi hijo intentó que te despreciáramos desde el principio.

–¿Qué quieres decir? –preguntó Savannah.

–Nos contó que te habías quedado embarazada de otro y que lo habías obligado a casarse a la fuerza –dijo Helena.

Savannah no pudo evitar reírse.

–Eso habría sido muy interesante. La segunda inmaculada concepción.

Aunque no le extrañaba nada lo que pudiera haber dicho Dion, tenía que admitir que aquello le dolía. No le extrañaba que su familia la odiase. Y que Leiandros tuviera una opinión tan baja de ella.

—¡Eso no es posible! —exclamó Iona—. Dion nos dijo que él había sido un tonto. Que no había pedido ninguna prueba cuando tú le dijiste que estabas embarazada. Nos dijo que mentiste para atraparlo. Pero, si aún eras virgen, no te habría creído —dijo Iona, confusa.

Savannah bebió su vino con soda.

—Supongo que no quería que se descubriese su primera mentira. Luego, al ver que yo no me quedaba embarazada, debió sentirse desesperado.

Solo ella sabía lo desesperado que estaba.

Se mordió el labio para no decir más. No le serviría de nada acusar a Dion de manipulador, egoísta, y caprichoso durante su matrimonio.

—Sí —dijo Sandros—. La mañana que vino a verme, le dije que la medida de un hombre era cómo trataba a su familia, no su capacidad de dar hijos. Creo que más tarde debió emborracharse para ahogar el dolor que le hicieron mis palabras. Fue la primera vez que me avergoncé de él —a Sandros se le nublaron los ojos de lágrimas—. Mi hijo mintió acerca de su esposa y me confesó esas mentiras. ¡Ha sido vergonzoso cómo hemos tratado a Savannah y a sus hijas! ¡Y todo por las cosas que Dion dijo sobre ella, por sus mentiras!

Savannah sintió compasión por Sandros. Evidentemente tenía un gran sentimiento de culpa por la muerte de su hijo.

—No es culpa tuya —dijo Savannah.

—Papá, ¿qué estás diciendo? —se sorprendió Iona.

–No dijiste nada de esto hace un año –reiteró Helena.

Sandros asintió.

–Hay cosas difíciles de admitir para un hombre.

Savannah sintió pena por él al ver sus lágrimas. La familia Kiriakis había pagado un alto precio por los pecados de Dion, que no eran culpa suya.

El rechazo de Helena a Eva había hecho mucho daño a Savannah. Pero no podía culpar a Helena de su comportamiento, ya que era resultado de las mentiras de Dion. Tampoco podía apartar a Eva y a Nyssa de una familia que estaba deseosa de amarlas.

Tal vez la hostilidad de Helena y de Iona hacia ella cesara. No serían las mejores amigas, tal vez, pero podrían mantener una relación civilizada por el bien de las niñas, que no se merecían la soledad en la que habían crecido.

Un día ella misma le contaría la verdad a Leiandros. Toda la verdad. Él ya sabía que ella no había salido con ningún hombre durante tres años, así que no podría acusarla de desvergonzada.

Savannah bebió otro sorbo de vino y dijo:

–Olvidémonos del pasado. Tenemos que centrarnos en el presente. Eva y Nyssa se lo merecen. Todos nos lo merecemos.

Sandros asintió y dijo:

–Todos hemos amado a Dion. Pero él no era un santo. Nos hemos perdido años de Eva y Nyssa por sus mentiras. Dejemos que se terminen las acusaciones y el enfado ahora.

–Quiero abrazar a mis nietas –afirmó, emocionada, Helena.

Iona parecía confusa, y jugaba con el tenedor.

–No comprendo por qué Dion tuvo que mentirnos –dijo Joana.

Savannah no sabía la respuesta, así que no dijo nada.

Leiandros volvió a la mesa en ese momento y se sentó al lado de Savannah.

–Disculpadme por ausentarme tanto tiempo –comentó.

–Apenas lo hemos notado –respondió Savannah, con un tono cínico para sus adentros.

Se preguntó si Sandros hubiera hecho aquella revelación en presencia de Leiandros. El orgullo masculino frente a otro hombre podría ser más difícil de vencer.

–¿De verdad? No has comido nada –dijo Leiandros.

–Hemos estado hablando –declaró Sandros. Luego miró a Savannah.

–Hemos acordado que es hora de que mis hijas conozcan a sus abuelos y a su tía.

Leiandros tocó la mejilla de Savannah. Ella reaccionó a su tacto inmediatamente.

–¿Te encuentras bien con todo esto? –preguntó.

Ella retiró la cara.

–No te molestes en fingir que te importan mis sentimientos –dijo ella en voz muy baja para que los otros no la oyeran. No lo perdonaba por sus palabras de antes.

–Sí me importa. Creí que te había convencido de eso antes de salir de casa. ¿No te he demostrado mi sinceridad la pasada noche?

–Me has demostrado que querías una reconciliación, aun a costa de proteger a una mujer a la que desprecias... Pero sí, estoy bien, si lo quieres saber.

Leiandros pareció querer decir algo, pero Helena habló:

–Savannah, ¿crees que podrás traer a las niñas a

casa en los próximos días? Estoy impaciente por conocerlas.

Savannah se sintió incómoda ante la idea de entrar en esa casa. Pero tenía que dejar sus sentimientos al margen, para no perjudicar a sus hijas.

–Estoy segura de que se alegrarán de conocerlos mañana. Tal vez Leiandros nos permita usar su coche para hacer el viaje.

Él agitó la cabeza.

–Seréis bienvenidos a Villa Kalosorisma cuando queráis venir, pero, hasta que Eva y Nyssa no os conozcan y se encuentren cómodas en vuestra compañía, es preferible que no visiten vuestra casa.

Helena asintió con pena. Savannah se sorprendió ante el anuncio de Leiandros.

Estaba anteponiendo los sentimientos de Eva y de Nyssa a los de la familia Kiriakis. Pero no creía que lo hubiera hecho por ella.

Simplemente había congeniado muy bien con sus hijas, y ellas con él.

Capítulo 9

LEIANDROS esperó a que Sandros y las otras mujeres hubieran salido de la limusina para decir a Savannah:

–El encuentro ha sido difícil para ti –le acarició la mano con la punta del dedo.

–Sí.

Leiandros notó que ella se había enfadado con él cuando se había ausentado de la mesa. Lo había acusado de no interesarse demasiado por la discusión que había tenido con Sandros y su familia y del efecto que había tenido sobre ella. Pero él había cumplido con su palabra, aunque Savannah no opinase lo mismo. Y también estaba enfadada por querer forzarla a casarse con él.

–No obstante, fuiste amable con ellos, generosa al ofrecerles la posibilidad de conocer a las niñas.

A Leiandros le había sorprendido la reacción de Savannah al sarcasmo de Iona, y que hubiera defendido que Iona permaneciera con ellos.

–Mis miedos se habían disipado –aclaró Savannah.

–¿Tu miedo a que rechazaran nuevamente a tus hijas o tu idea de que te seguirían odiando? –preguntó Leiandros.

Savannah se mordió el labio, concentrada. Él hubiera querido suavizar esa pequeña herida con su lengua.

–Ambas cosas –respondió ella.

Él tuvo que concentrarse para recordar su pregunta.

–Parecen haber depuesto la hostilidad que tenían hacia ti. Incluso Iona.

Estaba sorprendido de que la hubieran aceptado tan rápidamente.

Él había sabido que se ablandarían en algún momento. Sabía del buen corazón que tenían Helena e Iona. Su hostilidad hacia Savannah tenía el origen en la lealtad a Dion. Ahora que Nyssa y Eva habían entrado en la familia, aparecían otros lazos de lealtad.

Pero no había esperado que fuera tan rápido.

–Tenías razón. Tienen muchas ganas de conocer a las niñas –dijo ella.

Savannah se movió en el asiento y, cuando lo hizo, Leiandros la atrajo hacia él rodeándole la cintura con su brazo. Si deslizaba su mano, podría acariciar esos pechos.

Deseaba hacerlo. Y ella lo sabía. Había empezado a respirar entrecortadamente. Leiandros se agachó y acarició el lóbulo de su oreja con su lengua. Probó su piel, y la mordió suavemente.

–Tienes buen sabor, *yineka mou*. Como debe ser en una mujer.

Leiandros quería saborearla más. Deseaba saborear sus labios y el calor sedoso de su boca, la suavidad dorada de su piel y de sus pezones. Sobre todo sus pezones. Desde allí, su lengua llegaría a la suavidad femenina de su vientre, a la parte interior de sus muslos y a la parte de atrás de sus rodillas. Le quitaría los zapatos y exploraría el arco de sus pies con sus labios... Y luego volvería a sus secretos escondidos entre los muslos.

–Ya hemos hablado de esto. No soy tu mujer. No soy tu esposa.

Le llevó un segundo salir del viaje erótico de su mente y descifrar qué había dicho Savannah.

–Te equivocas –él le besó la mejilla mientras deslizaba la mano debajo de la camisa. Agarró uno de sus pechos por encima de la tela del vestido que llevaba debajo de la camisa.

–Para –dijo ella, con la respiración agitada.

Leiandros sonrió, triunfante, y pellizcó suavemente la punta erecta.

–¡Leiandros, por favor! –exclamó ella arqueando su espalda.

Savannah giró la cabeza de manera que él pudo besar su suave y dulce boca. En el interior de la limusina los ojos verdes de Savannah parecían negros.

–Relájate –le dijo, acariciando su mejilla con la boca.

La acalló con un beso.

En cuanto su boca tocó la de Savannah, ella se entregó apretándose contra él. Sus labios se abrieron, permitiendo que su lengua saliera y dibujara los labios de Leiandros antes de jugar con su boca. Él le dejó explorarla, y que sintiera el contacto de su lengua con la suya. Ella gimió y él la apretó más, mientras le acariciaba el pecho con la mano. Deseaba tocarla sin la tela del vestido interponiéndose entre ellos.

Leiandros le quitó la camisa, pero esta quedó atrapada en sus muñecas.

–Te deseo, Savannah –dijo con un sonido gutural, fuera de control.

Sus manos estaban ocupadas en bajar la cremallera de su vestido cuando ella respondió con voz apasionada:

—¿Realmente me deseas, o solo me quieres como incubadora de tus hijos?

Aun cegado por el deseo, Leiandros se dio cuenta de que la respuesta era importante para ella.

—Te deseo a ti.

—¿Estás seguro?

La inseguridad que percibió en su voz le advirtió de que ella no se·quedaría satisfecha con palabras. Tendría que demostrárselo. La besó mientras le bajaba la cremallera. Cuando estuvo abierta, él se echó hacia atrás, y ella soltó un gemido de frustración al no sentir su contacto.

Leiandros sintió satisfacción por su reacción, y se excitó. Le bajó el vestido hasta los codos, aumentando la restricción de movimiento en sus brazos y en sus manos. Su deseo carnal aumentó al ver que ella estaba totalmente entregada a la pasión.

—*Pethi mou*. Eres increíble —susurró Leiandros mirando su cuerpo.

Sus dorados pechos lo apuntaban con sus pezones excitados.

Ella no dijo nada, solo lo miró. Estaba excitada, expectante. Entreabrió los labios como pidiendo sus besos.

Él la satisfizo, devorando su boca con desaforada hambre. Ella no se resistió, sino que lo besó con la misma energía y deseo que él. Leiandros le acarició los pechos con el pulgar, los pezones... Iba a explotar explorándola de aquel modo.

Ella se apretó contra él.

—Sí, *moro mou*. Así... —dijo Leiandros, mientras ella se movía de un lado a otro para aumentar la sensación de sus caricias.

Savannah era la mujer de sus fantasías, la mujer de sus sueños. Tan sensual, tan solícita. La deseaba. La necesitaba.

Savannah intentó alzar los brazos y pareció darse cuenta por primera vez de la restricción de sus movimientos. Se movió, agitada, y echó hacia atrás la cabeza.

–¿Qué sucede? –preguntó Leiandros, al oírla gemir.

–Quiero tocarte –respondió ella.

Leiandros tomó un pezón con su boca y lo succionó. Jugó con ella usando sus dientes y su lengua, y entonces sus gemidos aumentaron.

–¡Oh, Leiandros! Por favor. Te deseo –exclamó.

Él también la deseaba. Tanto que no sabía si podría aguantar a quitarle la ropa antes de hacerla suya.

Acarició el otro pecho, y se sintió exultante al oír sus ruegos incoherentes y al ver el estremecimiento de su cuerpo.

Con movimientos impacientes, Leiandros le subió la falda hasta la cintura y agarró el borde de sus braguitas de seda en el mismo momento en que el coche paró. Ella no pareció darse cuenta. Tenía los ojos cerrados, y el cuerpo entero abandonado al placer que le proporcionaban sus brazos.

Él hubiera querido jurar en los cinco idiomas que hablaba, pero no tuvo tiempo. Torpemente, pero rápidamente, le puso el vestido en su lugar y cerró nuevamente la cremallera.

–¿Leiandros? –Savannah abrió los ojos.

–Hemos llegado a Villa Kalosorisma –respondió él con voz frustrada de pasión insatisfecha.

Ella lo miró un momento. Luego abrió más los ojos y se sentó.

Intentó ponerse la blusa con dificultad.

–¡Ayúdame, date prisa!

Leiandros la ayudó justo a tiempo, antes de que el chófer abriese la puerta.

Leiandros salió, tirando de Savannah.

–No hemos terminado –le dijo él.

Ella lo miró con una mezcla de alarma y de deseo.

–Buenas noches –le dijo.

Leiandros le sujetó los hombros.

–Nada de «Buenas noches».

–Yo no tenía intención...

–Esta noche, tú serás mía. No volverás a decir que no tengo derecho a decirte *yineka mou*.

No permitiría que ella lo dejara abandonado como si se tratase de alguien con quien hubiera tenido una cita sin importancia, no después de ver cómo ella había reaccionado en la limusina.

Savannah quiso decir algo, pero no pudo. Él no necesitaba su respuesta. La veía en su cuerpo. Leiandros se agachó y la besó en el momento en que la puerta de entrada se abrió.

–¡Leiandros! ¡Has vuelto! ¡Y Savannah! Mi hijo no se ha molestado en decirme que venías, de lo contrario habría estado aquí para darte la bienvenida a casa.

Era su madre, que estaba de pie junto a la puerta. La peor pesadilla que podía haber en aquel momento en que su cuerpo se moría por Savannah.

Aquella noche no habría posesión, ni ninguna noche antes de la boda. No, en presencia de su madre. Y esta se ocuparía de que así fuera.

Savannah intentó escuchar y comprender a Baptista Kiriakis hablando en griego rápidamente. Su bienvenida había sido efusiva, con un cálido abrazo y un beso en cada mejilla.

–¡Me alegro tanto de que hayas venido para quedarte! –la madre de Leiandros palmeó el hombro de Savannah–. Tenerte a ti y a las niñas aquí será algo muy bueno para Leiandros. Trabaja mucho –Baptista miró a su hijo con ojos de reproche.

Los labios de Leiandros se torcieron cínicamente en respuesta.

–Me siento muy feliz de estar aquí –dijo Savannah, incapaz de no corresponder a un saludo tan amistoso.

Baptista los acompañó al salón de la chimenea.

–Venid. Tomemos algo antes de irnos a dormir. Tengo muchas cosas que decir a Savannah. Lo que tengo que decir a mi hijo puede esperar –dijo la mujer.

Savannah casi lo compadeció, pero él había tenido la culpa de la escena de la limusina. Se preguntó qué aspecto tendría después de semejante experiencia abrumadora. No le apetecía que Baptista supiera lo que habían estado haciendo.

Después de insistir a Leiandros para que sirviera tres copas de champán para celebrar la vuelta de Savannah a Grecia, Baptista llevó a Savannah a uno de los sofás y se sentó con ella.

–He conocido a tus hijas. Les he dicho que me deben considerar como a una segunda abuela –miró a Leiandros–. Este hijo mío nunca se casará nuevamente para darme nietos...

Savannah casi se ahoga con el champán. Tosió y se puso colorada.

Leiandros se acercó y se sentó con ellas.

–¿Te encuentras bien, *pethi mou*?

Savannah asintió, sintiéndose vulnerable. Sonrió.

–No estoy acostumbrada al champán –se excusó.

Baptista sonrió. Su figura delgada era totalmente diferente de la voluptuosa de Helena. Tenía el pelo cano y la tez aceitunada. Helena en cambio tenía rizos negros, que la hacían parecer más joven, casi la hermana de Iona.

Pero las dos mujeres no tenían parentesco por sangre. Se habían casado con primos Kiriakis, aunque Leiandros trataba a Sandros y a Helena como si fueran sus tíos.

–Eva y Nyssa son encantadoras. Me saludaron en griego. Has sido muy inteligente al haber aprendido nuestro idioma y haberlo enseñado a tus hijas...

–Gracias –contestó Savannah.

La mujer sonrió y dijo a modo de disculpa:

–Creo que es mejor que te acuestes, Leiandros. Savannah y yo tenemos mucho que hablar.

Savannah no podía imaginarse de qué. Apenas había visto a Baptista Kiriakis la primera vez que había estado en Grecia, pero siempre había sido amable con ella.

Savannah miró a Leiandros; no quería quedarse sola con su madre.

Él se encogió de hombros y sonrió. Iba a marcharse, y dejarla, seguramente.

Leiandros le dio un beso en la frente.

Hasta ese gesto tan inocente la excitó.

–Que duermas bien, Savannah. Que tengas dulces sueños –le dijo con doble sentido.

Su madre sonrió.

Él besó a su madre en la mejilla y le deseó buenas noches antes de marcharse.

–Bueno, entonces... –los ojos de Baptista se fijaron

en los de Savannah con satisfacción–. ¿Te estás acostando con mi hijo, o todavía estáis en la fase de coqueteo? –preguntó, mientras Savannah intentaba no caerse del sofá del shock.

Al día siguiente Savannah seguía en estado de shock por la afirmación de Baptista, y su aprobación hacia una relación entre Leiandros y ella.

Savannah puso la tumbona en posición semirreclinada y miró a Leiandros y a las niñas, que estaban jugando en la piscina. Había estado nadando con sus hijas cuando había aparecido Leiandros en bañador. Estaba muy sexy. Se había zambullido en la piscina y ella había salido, dejándolo a merced de las niñas.

No podía compartir la intimidad de los juegos en el agua después de lo que había sucedido la noche anterior.

Eva se rio de algo que hizo Nyssa y Leiandros fue tras ellas con un fingido gruñido de enfado.

Si ella decidía casarse con él, formarían una verdadera familia, pero ¿cuál sería el lugar de ella en aquel plan?

¿Sería solo un sacrificio ofrecido en el altar para hacer justicia, o realmente la deseaba por sí misma como le había dicho la pasada noche en la limusina?

Pero no la amaba. Recordó que la había chantajeado. La hacía responsable de la muerte de su primo y de su esposa. Savannah se estremeció. Leiandros la quería para reemplazar al hijo que había perdido.

Observó a Leiandros jugar con Eva, alzándola en el aire y sumergiéndola luego. Nyssa le pidió que hiciera lo mismo con ella.

Sus hijas ya lo amaban, pensó, asustada. No solo buscaban una figura masculina. Querían a Leiandros. Y él las quería a ellas.

Era natural. También ella deseaba su contacto, pero de una forma distinta. Quería unir su cuerpo al de él en un acto de amor. Él la deseaba también. Su excitación había sido evidente la noche anterior.

Su atracción era mutua. Pero mientras que la de ella era producto de fuertes emociones, no podía evitar preguntarse si la atracción que sentía Leiandros sería debida a su sed de venganza, o justicia como lo llamaba él. Suspiró. Ni siquiera estaba segura de si podría satisfacerlo si consumaban la relación.

Dion le había dicho que era frígida. Y aun después de la intimidad que había compartido con Leiandros, pensaba que él podía tener razón. Después de todo, nunca había logrado poner mucho entusiasmo en el sexo. Por otro lado, apenas la tocaba Leiandros, ardía en llamas.

Ahora ya no había barrera alguna para frenar su atracción por Leiandros, no había más razones para ocultar sus sentimientos por él, excepto el miedo a que esos sentimientos no fueran correspondidos. Miedo a no dar la talla en la cama. Miedo a que él se cansara de ella una vez que la consiguiera. Miedo de que no pudiera darle el hijo que quería...

De pronto se dio cuenta de que había vivido llena de miedo. ¿No había seguido casada con Dion porque temía que le quitase a las niñas? Había evitado las relaciones con hombres porque había temido a lo que pudieran llevar. Había renunciado a llevar a las niñas a Grecia porque había temido el rechazo de sus abuelos. Y para ser sincera, había temido volver a Grecia por sus fuertes sentimientos hacia Leiandros.

Era patético. Volvió a centrar su atención en Leiandros. Si se negaba a casarse con él, ¿le negaría realmente el dinero para que cuidase a su tía? Su instinto le decía que no. Pero no podía fiarse. Sus instintos también le habían dicho que se casara con un joven playboy cuando tenía veinte años. Además, no dudaba de que Leiandros cumpliría sus amenazas en lo concerniente a las niñas. La familia era demasiado importante para él como para permitirle que se las llevase nuevamente a América, pero, como ella le había dicho el día anterior, no tenía que casarse con él para quedarse en Grecia.

Eva volvió a zambullirse desde los brazos de Leiandros.

Savannah tragó saliva. Tenía dos opciones: permanecer segura en su pequeño mundo protegido, o dejar que Leiandros entrase en su vida y asumir el riesgo de casarse con el hombre al que amaba. Al que necesitaba. Al que deseaba. Sus sentimientos por él eran tan fuertes que no le extrañaba que hubiera intentado sublimarlos durante siete años. No había funcionado. Habían aparecido en sueños eróticos que la habían torturado en las horas de vigilia.

¿Podría volver a su pequeña casa de Atlanta si, por algún milagro, Leiandros lo permitía? Su corazón latió con una respuesta negativa. Ella amaba a Leiandros y la idea de perderlo era peor que ningún otro temor de los que había experimentado. Ese terror la paralizaba. Casarse con un hombre que no la amaba era un riesgo. Pero había un sentimiento que superaba ese miedo: el amor.

No perdería un futuro con Leiandros por miedo a las consecuencias. Ella lo amaba y él la deseaba. Desesperadamente. Y también quería a sus hijas, y deseaba que fuera ella la madre de sus hijos.

El amor sería el sentimiento básico de su vida a partir de ese momento, y no el miedo.

Capítulo 10

¿QUÉ CONDICIONES? –preguntó Leiandros, enfadado.

Savannah dio un paso atrás.

–Necesito que me garantices que seguirás dando afecto y atención a Eva y a Nyssa, aun después de que tenga un hijo contigo.

Ofendido por la idea de abandonar a sus hijas, Leiandros respondió, molesto:

–Eso no hace falta ni mencionarlo.

–No lo creas... –contestó Savannah.

¿Por qué diablos pensaba que iba a rechazar a sus hijas?, se preguntó él.

–Eva y Nyssa serán mis hijas. El nacimiento de otros hijos no cambiará ese hecho. Ellas tendrán siempre mi afecto –le confesó Leiandros.

Ella lo observó detenidamente, como si estuviera sopesando su sinceridad. Su falta de confianza en él lo enfurecía, pero finalmente la vio asentir.

–¿Has dicho unas pocas condiciones? –preguntó él.

Ella se puso tensa.

–Sí. Debes prometer, además, ser fiel.

¿Y ella se atrevía a pedirle eso?, pensó él.

–Mírame. No voy a hablar de esto sin mirarte a la cara.

Savannah se preparó para la respuesta, y luego se

dio la vuelta. Sus ojos verdes brillaban con una intensa emoción.

–¿Y?

¿No se daba cuenta Savannah de que una vez más dudaba de su honor?

–Cuando nos casemos, tú serás mi esposa, parte de mí mismo. Serte infiel sería una deshonra tanto para mí como para ti –contestó él.

–No todos los hombres consideran el matrimonio un lazo tan inquebrantable, y seamos sinceros, tú no me respetas. Para compensar esa carencia, necesito saber que por lo menos respetarás nuestro matrimonio,

Leiandros hubiera querido besarla para borrar esa expresión de rechazo de su rostro.

–Yo no he dicho que no te respeto.

Ella lo miró, incrédula.

–¡Si todos los insultos que me has dedicado no son muestra de tu falta de estima y respeto hacia mí, no sé qué es un insulto para ti!

–El sarcasmo no es atractivo en una mujer –dijo él.

Su intención no había sido ofenderla ni herirla, pero evidente lo había hecho.

–Las evasivas son aún menos atractivas en un hombre. ¿Me prometes fidelidad o no?

Él reprimió un resoplido de irritación. De los dos, él no era quien debía cuidar este aspecto.

–Lo prometo –contestó Leiandros.

Savannah lo miró, aliviada.

–No deseo a ninguna otra mujer, Savannah –sintió deseos de tocarla y tiró de ella hacia él–. ¿Hay alguna condición más?

Ella asintió.

–¿Cuál? –preguntó él, molesto.

–Me casaré contigo. Incluso intentaré tener un hijo contigo... –Savannah hizo una pausa.

Lo decía como si tener un hijo suyo fuera un castigo, pensó Leiandros.

–¿No quieres tener hijos conmigo? –preguntó él, inseguro por primera vez en su vida.

–Sí. Sí.

–¿Entonces?

–¿Qué harás si solo tenemos hijas? ¿Vas a divorciarte de mí? ¿O querrás seguir teniendo hijos hasta que aparezca el heredero?

La imagen que evocaban sus palabras lo impresionó.

–No tengo intención de divorciarme de ti. Jamás. En cuanto a los herederos... No estamos en la Edad Media. Las hijas pueden heredar igual que los hijos. Se me ocurre que la pequeña Nyssa podría llevar Kiriakis International perfectamente.

Savannah abrió los ojos, incrédula.

¿Qué se pensaba Savannah? ¿Que era un anticuado? No negaba que le gustaría tener un hijo con quien compartir su aptitud para los negocios. Pero no querría menos a una hija. ¿No se lo había demostrado ya con Eva y Nyssa?

–Dion quería hijos varones.

Leiandros se puso tenso al oír el nombre de su primo de labios de Savannah. No le gustaba pensar en que Dion había sido su esposo. Ni en que este quisiera hijos varones.

–Es natural que un hombre desee un hijo varón, pero uno no puede cambiar la voluntad de Dios. Yo quiero bebés sanos y una esposa que los quiera y los cuide como lo has hecho tú con Eva y Nyssa.

—¿Cuántos?

—Puedes estar segura de que no quiero que estés embarazada permanentemente.

Él deseaba tener una esposa, además de una madre para sus hijos.

—Dame un número —ella posó sus manos en su pecho.

Ese contacto lo distrajo de las negociaciones. De pronto se le cruzó una idea por la cabeza.

—¿Fueron difíciles tus embarazos?

Algunas mujeres tenían muchas náuseas. A Petra no le había ocurrido, así que él no lo había tenido en cuenta.

Savannah agitó la cabeza.

—No. Me gustó estar embarazada.

Savannah dijo algo entre dientes. Algo así como que le había gustado cuando Dion no estaba cerca de ella. Leiandros no lo dudaba. Un esposo atormentado por los celos y por la idea de que su mujer estaba embarazada de otro hombre no debía de haber sido agradable. Ni habría sido ningún apoyo durante el embarazo.

—Entonces, ¿cuál es el problema?

Savannah lo miró.

—El problema es el sexo de la criatura y qué esperas de mí si no consigo el hijo que deseas para reemplazar el que has perdido.

Ella quería un número. Bien. Le daría un número.

—Dos. Creo que criar a cuatro niños es el tope para nuestra paciencia, sobre todo si se parecen a Eva y a Nyssa.

Él había querido hacerla sonreír con ese comentario. Y lo consiguió.

–Bueno, si se parecen a su padre, tal vez pida la jubilación anticipada –respondió ella.

Leiandros tiró más de ella hacia él.

–De ninguna manera. Estamos juntos en esto, *yineka mou*.

No la dejó contestar. Selló el acuerdo con un beso. Ella sabía dulce... Deliciosa... Él quería más, pero no estaban solos en la casa y no quería tener que explicar ciertos asuntos a sus futuras hijas.

–¿Hay más condiciones?

Ella asintió.

–Necesito volver a Atlanta.

Leiandros apretó más el brazo que la sujetaba.

–Eso, no.

No pensaba dejar que hiciera lo que había hecho con Dion.

Ella puso su mano en su pecho, como queriendo apaciguarlo.

–Tengo que ir para ocuparme de tía Beatrice. No va a vivir mucho más –dijo con dolor en la mirada.

Él le agarró la cara con ambas manos. Lo comprendía. Pero no quería que lo conmoviera con ello.

–No.

–Tengo que volver, Leiandros.

Él besó sus labios suavemente.

–No.

–Es irracional por tu parte.

–Soy cauteloso. Dion aprendió la lección demasiado tarde. No quiero hacer lo mismo.

Ella se puso pálida.

–No es lo mismo. Yo tenía que dejar a Dion. A ti no quiero dejarte. Pero mi tía me necesita.

–Puedes ir después de nuestra luna de miel.

Ella pareció aliviada.

–Pero tienes que dejar aquí a las niñas –agregó él.

–¡Imposible! –ella se soltó.

–¡No sé cuánto tiempo voy tardar en volver! ¡Las niñas no pueden quedarse aquí! ¡Por favor!

Él no quería que ella le rogase. Quería que se quedase.

–Ellas serán mis hijas también. Y yo las cuidaré.

Ella agitó la cabeza violentamente.

–No. Deben irse conmigo.

–Ya hemos hablado de esto. No te las llevarás fuera del país. Acéptalo.

–No funcionará –dijo ella, frustrada.

Él estaba de acuerdo. De ningún modo estarían separados. Tenía que comprenderlo Savannah. Según los médicos, su tía ni siquiera la reconocía. ¿Por qué tenía tanto empeño en volver a Atlanta? ¿No sería una excusa para salir de Grecia con las niñas?

–No puedo casarme contigo –dijo ella con los ojos llenos de lágrimas.

–¡Claro que sí! –exclamó él–. Ya has dado tu palabra. No permitiré que cambies de opinión.

–Yo te dije que había unas condiciones –ella se enjugó las lágrimas pasándose la mano por ellas.

Él tenía ganas de jurar. Savannah parecía tan vulnerable. Y lo peor de todo era que él no pensaba que estuviera tratando de conseguir su conmiseración. Estaba tratando de no ceder a las lágrimas.

–Podemos buscar una solución intermedia –respondió Leiandros. Aunque él no solía hacer concesiones.

–No me sirven tus soluciones intermedias –contestó Savannah con voz temblorosa.

–He hablado con el médico encargado de tu tía.

Dice que hay una enfermera de la plantilla que es la favorita de Beatrice. Yo puedo ocuparme de que ella se encargue del cuidado de tu tía de forma personal.

–Sé de quién estás hablando, y acaba de descubrir que está embarazada. ¿Qué pasará cuando tenga la baja por maternidad? ¿Me dejarás ir entonces?

–Según los médicos, para entonces, tu tía ya no estará con nosotros.

Savannah lo atacó.

–Ella es una persona especial para mí. Es la única familia que tengo.

–¿Mi madre, Sandros, Helena, Iona y yo no somos tu familia? ¿Ni tus hijas? ¿No somos todos tu familia?

–No es eso lo que he querido decir. Mi tía es *mi* familia. Lo más parecido a una madre que he tenido. No puedo dejarla morir sola.

Leiandros se sintió conmovido.

–Dicen los médicos que su estado es estable.

–De momento. ¿Cómo lo sabes?

–He llamado a Brenthaven todos los días.

Savannah era suya, así que sus responsabilidades eran también de él.

–¿Has llamado a Brenthaven todos los días? –preguntó Savannah, asombrada.

–Sí.

–Quiero ir a verla si empeora. Y aunque no empeore quiero ir a visitarla.

–Haz visitas cortas y deja a las niñas aquí.

Savannah asintió.

–¿Y si empeora?

–Veremos lo que hacemos en el momento que ocurra, *pethi mou*.

Él no podía resistirse a tocarla. La besó. Curiosa-

mente, la sensación no fue de pasión, sino de ternura.
Y la suavidad de sus labios fueron un alivio, cuando él
no había esperado que lo fueran.

—¿De acuerdo?

—Sí —respondió ella, estremeciéndose.

Leiandros se sintió aliviado.

Savannah esperó ansiosa la reunión de la familia en
el salón de recepciones. Baptista había dicho que era el
lugar más íntimo. Pero para Savannah seguía siendo
demasiado grande. Leiandros quería anunciar su matrimonio con Savannah cuando estuvieran todos reuni-
dos. Ella seguía con sus dudas. Pero admitía que no tenía alternativa.

Amaba a su tía demasiado como para permitir que
la trasladasen a una residencia pública durante las últimas semanas de su vida, y amaba demasiado a Leiandros como para perderlo.

Leiandros se acercó a la silla donde estaba sentada
Savannah, cerca de la ventana. Le rodeó la cintura y la
atrajo hacia sí.

—¿Estás preparada para el anuncio?

Savannah miró a Eva y a Nyssa sentadas a ambos
lados de Helena, conversando, entusiasmadas.

—Sí —respondió.

Esperaba que la familia se tomase mejor su boda
con Leiandros que cuando se casó con Dion.

Eva y Nyssa estaban entusiasmadas con su nueva
familia. También adoraban a Baptista, su segunda
abuela, que sería su verdadera abuela en menos de una
semana.

Leiandros la apretó y ella lo miró.

–Todos te aceptarán como esposa mía.

–Eso espero.

–No se atreverán a no hacerlo.

–Por supuesto que no –sonrió ella, al notar su arrogancia.

Pensó que tal vez se le notase demasiado que lo amaba. Desde que lo había descubierto, le resultaba difícil ocultar sus sentimientos.

Cuando todos estuvieron sentados, Leiandros se puso de pie y pidió atención. Como era de suponer, todo el mundo se la prestó. Hasta Eva y Nyssa se quedaron quietas y atentas.

–Hoy es un nuevo comienzo para la familia Kiriakis. Savannah ha vuelto con nosotros, y ha traído a sus hijas para que renueven sus relaciones con el resto de la familia.

Helena asintió, con los ojos nublados por las lágrimas. Baptista sonrió a Savannah en señal de aprobación, y Sandros y su hija hicieron un gesto de asentimiento.

Savannah sintió que su corazón se contraía al ver la aceptación. Leiandros le ofrecía mucho más que matrimonio con su boda. Le ofrecía lo que siempre había querido tener: una familia para ella y para sus hijas.

Leiandros asintió, orgulloso.

–Y ahora que todos hemos empezado una nueva etapa de alegría en la familia, habría una sola cosa que pudiera aumentar la ilusión para el futuro: que Savannah volviera a ocupar un lugar en nuestra familia oficialmente.

Todo el mundo se quedó en silencio, expectante.

Leiandros sonrió a Savannah. Ella le devolvió la sonrisa, preguntándose si aquello solo sería una representación para la familia. Seguramente no querría que su familia supiera que la había chantajeado.

—¿No estáis de acuerdo? —preguntó en general, a su familia.

Todos asintieron, menos las niñas, que estaban mirando, perplejas.

—Entonces, tenéis que felicitarme por haber convencido a Savannah de que acepte mi proposición de matrimonio.

Las niñas saltaron de alegría de sus sillas. Corrieron a abrazar a su madre y a Leiandros.

—¿Quiere decir eso que serás mi verdadero papá? —preguntó Eva, mientras Leiandros la levantaba en el aire.

Leiandros la abrazó y le susurró algo al oído, que provocó la risa de la niña.

—¿Realmente vas a casarte con *Theios*? —preguntó Nyssa a Savannah, subiéndose a su regazo.

Abrumada por la emoción, Savannah solo pudo asentir con la cabeza y sonreír. Nyssa saltó de su regazo y pidió a Leiandros que la alzara en brazos también a ella.

Leiandros estaba allí, apuesto y sexy como siempre, con una hija suya en cada brazo. El corazón de Savannah se llenó de alegría y de amor por los tres.

Sandros fue hacia Savannah y le dio un beso en ambas mejillas.

—Intuí algo de esto cuando fuimos a cenar el otro día —se dirigió a los demás, bromeando—. Leiandros la tenía tan apretada, que la pobre chica no podía ni respirar.

Todos se rieron.

Cuando dejaron de reírse, Leiandros bajó a las niñas de sus brazos y animó a Savannah a que se pusiera de pie.

—Es costumbre intercambiar anillos el día del anuncio de la boda.

Un silencio expectante reinó en el salón. Savannah no pudo hablar. Leiandros alzó su mano y le puso un anillo con una esmeralda y dos diamantes. Luego la besó, con expresión posesiva.

Ella sintió el calor de su boca expandirse por todo su cuerpo femenino.

Luego le puso un anillo masculino en la palma. También tenía una esmeralda con dos diamantes a cada lado. Savannah se estremeció al ver que Leiandros quería que ella se lo pusiera, que anunciara delante de su familia que se casaría con él.

Savannah alzó la mano de Leiandros y repitió cada uno de los pasos del compromiso, incluido el beso. Después, Leiandros anunció que la cena sería la típica celebración del compromiso y los asistentes aplaudieron.

Baptista los besó y abrazó a ambos.

—Me siento muy complacida —dijo, después de dar un beso en cada mejilla de Savannah.

Después de más felicitaciones, abrazos y besos, alguien preguntó cuándo sería la boda.

—Este domingo —contestó Leiandros.

—¡Pero solo faltan tres días! —gritó Baptista—. Hay que arreglar muchas cosas. ¡No pueden hacerse en tan poco tiempo!

—Está todo arreglado.

Baptista se cruzó de brazos y dijo:

—Bah. No es posible que hayas invitado a mucha

gente y lo hayas podido mantener en secreto. ¿Quieres dar la impresión a tu esposa de que te avergüenzas de ella?

La atmósfera de felicidad que rodeaba a Savannah se esfumó y ella miró a Leiandros. ¿Se avergonzaría de ella?

—No… —dijo Leiandros, como hablando solo, antes de tirar de ella hacia él.

Fue todo lo que dijo. Ella lo comprendió. «No te preocupes. No dudes de mí. No tengas miedo».

Pero era inevitable. Él se estaba casando por venganza y ella esperaba que ese sentimiento se convirtiera en amor.

—No estoy avergonzado de Savannah, pero no puedo esperar para hacerla mía.

Sandros se rio. Iona se puso colorada. Savannah se sintió incómoda ante la afirmación tan directa de Leiandros.

—No eres un adolescente que no puedas controlar tus hormonas. Puedes esperar unas semanas. Tu novia se merece una boda llena de hermosos recuerdos, y no de lamentos —declaró Baptista, en actitud beligerante.

Leiandros apretó más la cintura de Savannah.

—De aquí a una semana a partir del domingo. Eso te da diez días para los detalles que quieras agregar. Pero ni un día más.

Su firmeza, de algún modo, le aplacó los nervios. Él quería casarse con ella, pero podía esperar una semana para que la boda fuera un acontecimiento del que pudiera estar orgulloso. No parecía ser un hombre avergonzado de su futura esposa.

Baptista aceptó a regañadientes y luego empezó a

hacer planes para los diez días siguientes. Helena e Iona ofrecieron sus sugerencias, mientras Eva y Nyssa decían que tenía que ser como en Cenicienta.

Los siguientes días pasaron rápidamente.

Baptista insistió en que un hombre no sabía nada de preparativos de bodas y supervisó cada uno de los planes de su hijo. Acompañó a Savannah a numerosas tiendas por toda la isla y a Atenas en el helicóptero. Además tuvo que aprender los bailes típicos de música griega. Baptista quería que Savannah fuera capaz de bailar el tradicional baile del pañuelo para dar comienzo a la recepción.

Savannah apenas vio a Leiandros durante esos días. A pesar de que volvía a cenar todas las noches con ellas, después de acostar a las niñas se encerraba en su estudio a trabajar. Decía que tenía trabajo atrasado y que debía adelantar cosas para poder desentenderse de la empresa en la luna de miel. Se marcharían una semana.

Ella no había querido dejar más tiempo solas a las niñas, y él había accedido. Y más sorprendente aún, había hecho un gran esfuerzo por brindarle una boda de ensueños.

A medida que pasaba el tiempo, Savannah sentía que Leiandros no era un hombre corriente, porque sabía mucho sobre bodas. Había escogido un traje de novia ideal para una princesa. Había encargado magnolias y gardenias, sus flores favoritas, para hacer un ramo mezclado con flores tradicionales griegas, en uno de los muchos esfuerzos que había hecho por satisfacer sus costumbres y las de él. También se había interesado en la lista de invitados, asegurándose de que invitasen a suficientes amigos, además de a gente del mundo de los negocios y socios suyos. La capilla y Villa Kalosorisma estarían a rebosar de gente.

A medida que transcurrían los días y se acercaba la boda, Savannah sentía una gran emoción por convertirse en la esposa de Leiandros.

Savannah se despertó cuando la criada le llevó el desayuno. Era el día de su boda. Baptista apareció con Eva y Nyssa cuando Savannah estaba bebiendo el café.

Baptista abrió la puerta de la terraza y el aire trajo una música de violín acompañada de un cantante.

—¿Qué es eso? —preguntó Eva, subiéndose a la cama de Savannah.

Enseguida la acompañó su hermana.

—Es música para acompañar a la novia mientras se viste —respondió Baptista—. Es la tradición. El novio ofrece esta música a la novia.

Savannah sonrió.

La mañana transcurrió tranquila, en medio de conversaciones de mujeres mientras se preparaban para la boda. Llevaron a una peluquera para peinarlas y maquillarlas a todas.

Era la hora de ponerse el vestido de novia.

Cuando se deslizó dentro del traje de satén, se sintió como una princesa.

Alguien golpeó la puerta, y Baptista la abrió:

—Es la hora —oyó decir Savannah.

A partir de entonces, todo sucedió en un suspiro.

Un gran número de invitados esperaban fuera de la mansión, frente a la puerta principal, para sumarse a la procesión hacia la capilla. Savannah buscó a Leiandros y al verlo su corazón se sobresaltó.

Vestido con un frac, parecía el príncipe de su propio cuento de hadas.

Se detuvieron frente a la capilla para que el sacerdote bendijera los anillos, y luego entraron todos detrás de él.

La boda fue una especie de servicio religioso, aunque el sacerdote lo interrumpió para pronunciar las tradicionales promesas de matrimonio. Baptista le había contado que las bodas griegas rara vez incluían promesas de matrimonio, puesto que eran la unión de dos almas, más que un contrato. No obstante, a Savannah le gustó que Leiandros la mirase a los ojos e hiciera las promesas. Lo había hecho por ella, y su voz se había emocionado cuando le había prometido amarlo y honrarlo.

Cuando Savannah vio las piezas que Leiandros había elegido para la coronación, se quedó sin respiración. Realmente eran coronas dignas de reyes, de oro auténtico y piedras preciosas. Varias mujeres suspiraron cuando la delicada tiara coronó la cabeza de Savannah primero, y después la de Leiandros.

Por fin eran marido y mujer, y a pesar de la costumbre griega, Leiandros besó a la novia con pasión e inconfundible sentido de posesión.

Casi podía oírlo decir: «Eres mía».

Y lo era.

Capítulo 11

HAS BAILADO muy bien la danza del pañuelo. Savannah giró la cabeza y miró a Iona. Se había gestado una buena amistad entre ellas, pero ninguna de las dos mencionaba a Dion, ni el pasado.

–Ha sido divertido. Baptista quería que fuera perfecto así que me hizo aprender el baile. He practicado mucho.

Iona sonrió.

–Bueno, lo hiciste muy bien y, por las chispas en los ojos de mi primo, creo que Leiandros piensa lo mismo.

«¿Chispas?», pensó Savannah.

Los sentimientos que Leiandros inspiraba en ella eran más que chispas. Todo su cuerpo ardía en anticipación de lo que iba a ocurrir aquella noche. Había hecho todo lo posible por hacerla sentir de aquel modo. La había estado tocando todo el día, muy sutilmente, pero alimentando su deseo todo el tiempo.

La fiesta había durado mucho tiempo, y ella no veía la hora de estar a solas con él.

–Mira... –le señaló Iona.

Los hombres se habían reunido en un círculo en la zona de la piscina.

–Es el baile tradicional griego de los hombres.

Leiandros sobresalía entre todos ellos. La miró y luego se concentró en el baile.

Ella no dejó de mirarlo. Sabía que había otros hombres, gente aplaudiendo, gritos de aprobación, pero ella solo veía a su marido. El hombre de sus sueños, de sus fantasías.

Lo deseaba tanto...

Después de un rato de baile de los hombres, los invitados empezaron a tirar platos. Cuando a Savannah le pusieron uno en la mano, ella lo tiró apasionadamente.

Poco a poco, los hombres abandonaron el baile, hasta que solo quedaron Leiandros y dos más. Por primera vez desde que se había concentrado en el baile, Leiandros la miró. Ella sintió que le faltaba el aire.

–Toma, criatura –le pareció oír la voz de Baptista.

Pero no se dio la vuelta, puesto que estaba observando los movimientos de la danza y el pecho sudado de Leiandros, que su blanca camisa dejaba al descubierto. Tomó el plato, y mientras Leiandros y los otros daban vueltas y pasos, lo tiró. Se rompió a centímetros de Leiandros.

Leiandros la miró alzando las cejas.

Ella sonrió y volvió a agarrar otro plato, y lo tiró cerca del otro. Los hombres que estaban bailando con Leiandros se apartaron, y este se quedó bailando solo.

Ella tomó otro plato, esta vez de manos de Iona, y lo tiró con fervor. Se rompió frente a él. Leiandros sonrió pícaramente, y ella se estremeció. Entonces él empezó a bailar yendo hacia ella. Se detuvo frente a ella. Se miraron, él se inclinó y luego la alzó en brazos.

Los invitados gritaron, animándolos.

Parecía una película que sucedía a su alrededor, pensó Savannah. La única realidad era su pecho duro, su mano en su espalda, su pulgar tocándole sutilmente el pecho, y la fragancia masculina de su cuerpo caliente. Y la promesa de sus pecaminosos ojos oscuros.

Leiandros se dio la vuelta y gritó algo a los invitados. Luego se la llevó hacia el helipuerto. Se habían despedido de las niñas anteriormente, tomándose una pausa para ir a acostarlas.

No había nada que pudiera demorar su partida.

Dentro del helicóptero, Savannah ni trató de hablar con Leiandros. El ruido era tan impresionante, que era imposible oír nada. Había supuesto que irían en la limusina al hotel del restaurante en el que habían comido en Halkida. Pero después de unos minutos se dio cuenta de que no iban a Halkida.

—¿Adónde vamos? —le gritó a Leiandros.

Él sonrió.

Después de veinticinco minutos de viaje, Savannah reconoció las afueras de Atenas. Diez minutos más tarde aterrizaron en un helipuerto de un edificio. Leiandros salió primero y ayudó a Savannah a bajar, rodeándole la cintura. Luego la llevó en brazos, lejos del ruido y el viento. Y entró en el interior del edificio.

—¿Dónde estamos?

—¿No lo adivinas, *yineka mou*?

Leiandros puso en funcionamiento el ascensor presionando el botón con el codo.

Se abrieron las puertas.

Finalmente, ella pareció darse cuenta de dónde estaban.

—Estamos en tu ático del edificio Kiriakis.

Solo había estado allí una vez, la noche de la fiesta y del beso, cuando lo había conocido.

Leiandros entró con ella en brazos.

–Está todo igual –susurró Savannah.

Él asintió.

–A Petra no le interesaba el apartamento. Pasaba la mayor parte del tiempo en una mansión que compré, cerca de casa de sus padres.

Savannah pensó que jamás pisaría esa mansión. Pertenecía a otra mujer.

–¿No vivió en la mansión Kalosorisma?

–Nunca.

Savannah soltó un suspiro de alivio.

–¿Te alegras?

–Sí –no podía negarlo.

–Eres posesiva, como yo –la llevó a la terraza.

La dejó en el suelo, pero no se separó de Savannah.

–¿Te acuerdas? –preguntó él.

Se refería al beso, pensó ella.

–Sí –jamás lo había olvidado.

–Esa noche te deseé, Savannah. Me puse furioso al descubrir que pertenecías a otro hombre. A mi primo.

Ella se había dado cuenta de su rabia, pero había dado por hecho que era por reaccionar así con él, cuando estaba casada con Dion.

–Ahora soy tuya –le dijo Savannah.

Tenía que decírselo.

Leiandros gruñó algo en griego y la besó, del mismo modo que aquella noche. Exploró su boca como si jamás la hubiera besado. También su lengua dibujaba sus labios. Y como aquella vez, ella se derritió. El beso fue interminable, igual que el de aquella vez. Pero, cuando él puso sus manos en sus pechos, ella no las quitó.

Las manos de Leiandros se deslizaron y bajaron la cremallera, escondida bajo una fila de diminutos botones.

Ella contuvo la respiración mientras él le quitaba el vestido centímetro a centímetro. ¿Cuándo iba a terminar?, se preguntó. Se moría de deseo por él, y no pudo evitar apretar sus muslos contra los de Leiandros para aliviar su dolorosa excitación.

—Leiandros... —le rogó.

Leiandros la acalló con un beso apasionado, y la cremallera bajó unos centímetros más.

Ella no veía la hora de apretar su cuerpo contra el de él.

¡Lo amaba tanto! Quería sentirlo dentro de ella, formando una unidad, en cuerpo y alma. No le importaban los preliminares. ¡Lo necesitaba ya! Pero él actuaba como si tuviera todo el tiempo del mundo, besándola interminablemente mientras le bajaba la maldita cremallera.

Hubiera gritado de frustración, pero estaba ocupada besándolo.

Finalmente, la cremallera se abrió por completo y su vestido cedió a sus dedos expertos. Leiandros le acarició la espalda, y ella gimió, deseando que le tocase los pechos. Sus pezones se pusieron duros anticipando su posesión. Savannah se apretó contra él.

Quería sentir sus manos, no el satén que la separaba de ellas. Leiandros dio un paso atrás y la miró:

—Me incendié de deseo esa noche, pero tuve que apartarme, insatisfecho. Intenté satisfacer mi deseo en otra mujer.

A ella no le gustó oír aquello.

—¿Y te sirvió? —preguntó.

—No eras tú —respondió Leiandros, como acusándola.

Savannah dejó que la parte de arriba del vestido cayera, y que sus pechos quedaran descubiertos.

–Ahora estoy aquí.

Él juró. Pero en lugar de tocarla como ella esperaba, la alzó en brazos y la llevó adentro, al dormitorio principal. Cuando llegó allí, la dejó de pie, frente a él. Sus pechos desnudos rozaban la seda de su camisa.

Con otro juramento, él la desvistió con violencia hasta que la tuvo desnuda totalmente delante de él.

Leiandros se echó atrás.

–Quédate ahí –le dijo.

Encendió la luz. Era suave, pero ella se sintió expuesta.

Vestido aún, Leiandros la miró de arriba abajo. Ella se sintió una pieza de arte frente a su coleccionista, y empezó a alzar los brazos para cubrirse.

–¡No! –exclamó él.

–¿Qué sucede?

Aquella no le parecía la seducción de una noche de bodas.

Leiandros se quedó en silencio un momento.

–Yo quería verte así aquella noche. Te deseaba, desnuda, en mi cama, en mi habitación, debajo de mí.

Ella se excitó más, pero la expresión de Leiandros parecía contradictoria. Parecía enfurecido, y atormentado.

Savannah tembló bajo la opresión de su mirada. Trató de decirse que estaba cansada, que eran imaginaciones suyas su peligrosa mirada, que él no le haría daño. Había sido un día maravilloso, pero agotador. Tal vez su mente le estuviera jugando una mala pasada.

Pero ninguna de sus argumentaciones le sirvió de alivio.

Ella estaba allí, desnuda, expuesta al frío de su mirada.

Pero no estaba indefensa. Era una mujer. Su mujer. Su *yineka* y no se acobardaría ante el miedo que sentía.

Savannah lo miró y se acercó a él, con el corazón latiéndole desesperadamente.

–Bueno, estoy aquí. En tu dormitorio –afirmó con una mezcla de aprensión y deseo.

Se acercó a él y luego se dirigió a la cama. Se subió. De rodillas, lo miró y agregó:

–En tu cama.

Leiandros no se movió.

–Si quieres que esté debajo de ti, tienes que quitarte la ropa y venir conmigo.

Ella nunca había sido tan descarada y tan directa con un hombre, pero con aquel no tenía inhibiciones. Su actitud la ponía nerviosa, pero en lugar de enfriarla, la excitaba más.

Leiandros tenía algo en la cabeza, algo relacionado con la noche en que se habían besado, pero sabía que la deseaba.

Y ella sería suya, pero no como si se tratase de un sacrificio. Quería darle placer y tomarlo. Así que esperó a que Leiandros se quitase la ropa y fuera hacia ella.

Se miraron el uno al otro. Hasta que ella empezó a quitarse las horquillas del cabello. La mirada de Leiandros siguió el movimiento de sus dedos mientras cada mechón de pelo caía por la nuca y los hombros. Savannah tiró las horquillas al suelo. Estas cayeron silenciosamente sobre la alfombra mullida.

Cuando terminó, se movió a un extremo de la cama y desató la soga de oro que sujetaba las cortinas del lecho. Cayeron dos cortinas. Hizo lo mismo con las cortinas de las otras esquinas de la cama, hasta que la gasa rodeó la cama por completo y la figura de Leiandros quedó borrosa tras ella.

Entonces se echó en la cama, flexionó una pierna tapando sus secretos femeninos, y extendió los brazos por encima de la cabeza, arqueando su espalda para realzar la visión de sus pechos.

–¿Vienes?

Lo oyó gruñir y, luego, lo vio quitarse la camisa. Los botones volaron por los aires.

Luego se quitó los pantalones más cuidadosamente. Bajó la cremallera intentando no hacerse daño en su excitado miembro viril. Tuvo un atisbo de Leiandros, vestido solo con los calzoncillos. Luego estos desaparecieron también. Ella se quedó sin aliento al verlo totalmente desnudo.

Sabía que lo estaba mirando con los ojos bien abiertos, y la boca entreabierta, cuando él se fue acercando a la cama.

–Eres magnífico –dijo ella.

Dion había preferido la oscuridad, y se sentía impresionada con aquella visión de masculinidad.

Él se rio y se echó encima de ella. Sus cuerpos se unieron y ella le agarró la cabeza para besarlo.

–¡Eres un tormento! ¡Espero que estés lo suficientemente excitada, después de semejante representación! Quiero estar dentro de ti –la besó apasionadamente–. Ahora mismo– agarró sus manos y las mantuvo por encima de su cabeza, mirándola amenazadora pero tiernamente.

Ella respondió con su cuerpo, abriendo las piernas y alzando la pelvis hacia aquel maravilloso macho. Estaba suficientemente excitada desde aquel baile en la fiesta.

Lo había deseado tan desesperadamente en la terraza que habría hecho el amor con él allí mismo, pero él había querido entrar en el dormitorio y jugar a aquel juego.

–Hazme tuya.

Y lo hizo. ¡Y cómo lo hizo! A pesar de su excitación, la poseyó con un movimiento sensual que la hizo estremecer de placer.

Le dio besos por toda la cara y le mordió suavemente el lóbulo de la oreja, y se frotó el vello del pecho contra sus duros pezones.

Ella se soltó de él y agarró su trasero, haciendo que él la penetrase más profundamente. Oyó un grito, seguido de una queja gutural que la habría dejado sorda, de no ser porque ella estaba inmersa totalmente en el goce.

Ella se quedó suspendida en la nada después de la contienda, hasta que el latido de su corazón se aquietó y sus ojos pudieron volver a enfocar su mirada.

Sonrió.

–¿Estoy muerta?

–No –respondió él achicando los ojos.

–Debo de estarlo –bromeó–. Porque estoy en el paraíso.

–Recuerda, solo este magnífico macho puede llevarte allí. Ahora eres mía, *yineka mou*. Y nadie más va a volver a tocarte de este modo.

Su advertencia le dolió. ¿Cómo podía pensar, ni por un segundo, que podría haber otro hombre?

–¿Cómo lo sabes?

–¿Qué quieres decir?

–Que nunca me sentí de este modo –Savannah jugó con el vello de su pecho–. Bueno, excepto esa vez en la terraza, claro.

–¿Nunca? –preguntó él, incrédulo.

–Nunca –repitió ella–. Nunca fuiste tú.

Leiandros la miró con fuego en la mirada y deseo encendido.

¡Oh! –exclamó Savannah–. ¿Otra vez? ¿Tan pronto?

Pero Leiandros estaba muy ocupado explorando cada centímetro de su piel.

Después de horas de hacer el amor, Leiandros apoyó su cabeza en su pecho, y le acarició todo el cuerpo.

Ella intentó reprimir un bostezo, pero no lo logró.

–¿Estás cansada, *moro mou*?

–Sí.

–Muy mal... –respondió él.

–¿Sí?

–Muy muy mal.

–¿Por qué? –preguntó ella, con el pulso más acelerado.

–Porque no he hecho todo lo que quería hacer.

–¿Hay más? ¿Como qué?

Leiandros le besó el pezón.

–Como esto –empezó a succionarlo.

Era increíble. Tenía razón. Había tocado cada centímetro de piel, había lamido casi todo, saboreado zonas muy sensibles, pero no había hecho aquello.

–Supongo que eso quiere decir que no me voy a dormir todavía –comentó ella, fingiendo decepción.

No podría haber dormido.

Savannah acarició su pecho viril y jugó con sus tetillas. Él se arqueó de placer.

–Sí, pequeño tormento. Sigue haciéndolo... No pares.

No paró.

Se durmieron, sudados, satisfechos, y entrelazados sus brazos y sus piernas hasta que el sol griego iluminó la gasa de las cortinillas con su color ámbar.

Capítulo 12

DESPIERTA, *yineka mou*. Es hora de levantarse
–la voz de Leiandros se filtró por su sueño.

–¿Por qué? –preguntó ella, sin molestarse en levantar la cabeza de la almohada. Le dolía el cuerpo en lugares donde nunca había pensado que tenía músculos.

–Ven, *agapi mou*. Abre los ojos.

Savannah se incorporó.

¿La había llamado «su amor»?

Buscó su rostro, pero no vio ninguna señal de ternura.

–Debes ser fuerte –le dijo él, serio.

Ella sintió pánico.

–¿Eva, Nyssa?

–Están bien –le rodeó el brazo desnudo.

–Se trata de tu tía.

Savannah no podía formular la pregunta que tenía que hacer.

Él pareció interpretar su duda y dijo:

–Está viva. Pero ha tenido otro ataque. El médico no cree que se recupere.

–¿Qué quieres decir? –susurró con voz entrecortada.

Ella sabía qué quería decir. Su tía Beatrice iba a morir.

–¿Cuánto tiempo?

–No lo saben. Tal vez un día, tal vez una semana.

–Tengo que ir –se puso tensa ante la posibilidad de su negativa.

–El jet está esperando en el aeropuerto ya. El helicóptero está listo para llevarnos allí. Dúchate y vístete. Puedes comer en el avión. Yo ya he hecho el equipaje.

–¿Vas a ir conmigo? ¿Me dejas ir?

–Por supuesto. Eres mi esposa. Tus preocupaciones son las mías.

Estaba muy sorprendida. Cuando estaba en la ducha, pensó en las niñas.

Vestida con la ropa que Leiandros había llevado para ella, con el cabello húmedo aún, Savannah abandonó la habitación.

Fue en busca de Leiandros. Lo encontró en el estudio, hablando por teléfono.

Cuando la vio entrar, le preguntó inmediatamente:

–¿Estás lista?

–¿Y las niñas?

–Están bien con sus abuelas. Esperan que nos vayamos una semana de luna de miel. No hay motivo para que las disgustemos con la noticia.

Savannah asintió. Pocas veces las había llevado a visitar a tía Beatrice, porque los niños ponían nerviosa a tía Beatrice, y por lo tanto, las niñas se ponían nerviosas también.

–Estoy lista. Esto es muy cómodo –señaló el vestido rojo hasta los tobillos que le había llevado él.

–Me parece que no lo elegí por eso –sonrió él, mirando sus curvas.

Ella se puso colorada.

–¡Ah! ¿Lo elegiste tú?

Recordó el día en que casi habían hecho el amor en el coche, y que ella iba vestida de rojo.

–Sí –contestó él.

Y la acompañó al ascensor.

Leiandros insistió en que intentase dormir en el avión. Pero no lo consiguió hasta que él se acostó con ella en la cama, y la estrechó en sus brazos y la tranquilizó con su presencia.

En ocho horas llegaron a Atlanta. Cuando ella comentó lo bien que había hecho el viaje, él le dijo que había dicho al piloto que volara a la máxima velocidad posible, y que no parase para repostar.

Una vez más Leiandros había arreglado todo para que los tratasen como a pasajeros VIP, y al salir los estaba esperando una limusina que los llevaría directamente a Brenthaven.

La acompañó por los pasillos de Brenthaven agarrándola de la mano.

La habitación olía a hospital. Tía Beatrice estaba muy pálida. Savannah se acercó a la cama. Su tía respiraba con dificultad. Savannah empezó a temblar, pero intentó ahogar el gemido de dolor que se le había anudado en la garganta.

Ya no podía engañarse con la idea de que un día tía Beatrice volvería en sí.

Leiandros le rodeó los hombros.

–Cuéntame cosas de ella.

Lo hizo. Le contó que su tía la había criado después de quedar huérfana por la muerte de su madre y por el abandono de su padre. Savannah compartió el terror que había experimentado a los diecinueve años cuando a su tía le habían diagnosticado Alzheimer, y la desesperación que la había invadido cuando habían trasladado a su tía a una residencia pública.

.—Te casaste con Dion para poder trasladar a tu tía aquí.

No quería hablar de su anterior matrimonio.

—Nada es tan sencillo.

Leiandros no siguió con el tema. Se quedó acompañándola, y cuidándola, pidiendo comida cuando pensó que debía comer algo, insistiendo en que tomase zumo de frutas mejor que café. Y escuchándola durante horas cuando ella lo necesitaba. Diez horas más tarde, su tía falleció sin recobrar la consciencia.

Los ojos de Savannah permanecieron secos mientras oía a Leiandros arreglar algunas cosas con el médico.

Cuando salieron y subieron a la limusina, tiró de ella hacia su regazo y las defensas de Savannah se derrumbaron.

Se refugió en su pecho. Lloró desconsoladamente por primera vez en dos décadas.

—Llora, *pethi mou*. Saca fuera la pena.

Y lo hizo. Lloró por haber estado sola en el mundo durante tanto tiempo. Finalmente lloró por los años de matrimonio perdidos, el dolor de la traición de Dion y el desprecio de Leiandros. Pero, sobre todo, lloró por la mujer que había sido como una madre para ella.

Leiandros la abrazó todo el tiempo. Cuando llegaron a su modesta casa, ella aún seguía llorando en su hombro.

—¿Nuestra habitación?

Savannah señaló el corredor.

Leiandros la llevó al dormitorio y la metió en el cuarto de baño. Abrió la ducha y empezó a desvestirla y a desvestirse. Por fin, Savannah dejó de llorar debajo del agua caliente. Le rodeó la cintura y ella se apretó contra su cuerpo masculino. Hasta en la ducha caliente sentía frío.

—Me quiso cuando nadie me quería. Ahora estoy sola.

Leiandros le puso las manos en los hombros y la miró a lo ojos.

—Tú no estás sola. Eres mía.

Después de eso, se quedó callado, bañándola y bañándose. Luego la sacó de la ducha y la secó como si fuera un bebé.

—Ve a acostarte. Iré a buscarte un vaso de agua.

Ella obedeció. Se subió a la cama, desnuda entre las sábanas. Él volvió con una bandeja con una jarra de agua, dos vasos, y dos melocotones pelados y cortados.

—¿De dónde son?

—He hecho que trajeran compra y que aireasen la casa mientras estábamos en el hospital.

Había pensado en todo.

Después de beber el agua, él le dio de comer el melocotón tiernamente. Mientras le daba de comer, la atmósfera entre ellos cambió lentamente. Él le miraba los labios en cada bocado. Ella no supo en qué momento su melancolía se transformó en deseo, pero al rato fue ella quien le dio de comer a él, trozos resbaladizos y jugosos que manchaban sus dedos... Ella se los limpiaba en la boca de Leiandros, y este le succionaba la punta de los dedos.

Leiandros se estremeció.

—¿Savannah?

—Te deseo.

Era tan simple, tan cierto. Ella necesitaba que la tranquilizara diciéndole que era suya, que no estaba sola.

Leiandros dejó la bandeja en el suelo y la tumbó contra las almohadas, besándola con deseo. Aunque sus besos eran ardientes, al primer contacto de su femineidad contra su masculinidad, algo en él cambió. La hizo suya con tanta ternura, que ella volvió a llorar, pero sin tristeza esta vez.

Ella sintió volver a nacer con su caricias y, cuando llegó a la cima del placer, experimentó una oleada de sensaciones imparables. Pero él no paró. Le besó los párpados, y embebió sus lágrimas de pasión.

La pasión volvió a alzarse en su interior, pero aquella vez, cuando se derrumbó de placer, él la acompañó. No se quitó de encima de ella durante un rato. Aquella unidad con él era como un oasis para su alma sedienta.

Cuando por fin él salió de ella, la abrazó y besó su sien.

—No estás sola. Yo estoy contigo, *yineka mou*.

Y lo estaba. Había estado con ella en el funeral, ayudándola a recoger todas sus pertenencias, y había estado con ella en la cama. Savannah durmió acurrucada contra su cuerpo todas las noches después de hacer el amor. Cada día que pasaba su amor por él crecía más hasta que se dio cuenta de que no tenía límite.

Aunque Leiandros había contratado una asistenta para que limpiase y cocinase a diario, el día antes de su regreso a Grecia, Savannah quiso cocinar.

Después de comer, ella lo llevó al salón para tomar café.

Después de servir el café, se sentó al lado de Leiandros en un sofá.

–El café es excelente, pero me alegraré de beber café griego otra vez –dijo Leiandros.

Savannah sonrió. El café no le importaba en aquel momento.

Dejó la taza y se acercó más a él.

–Voy a echar de menos esta casa.

Había sido un verdadero refugio después de su separación.

–¿Lamentas volver a Grecia? –Leiandros le sujetó la nuca.

–¿Cómo puedes preguntar eso?

¿No se daba cuenta de cuánto lo necesitaba?

Jamás reuniría el coraje suficiente para decirle que lo amaba, pero él tenía que saberlo.

Leiandros apoyó su cabeza en su pecho.

–No importa. Ahora eres mía.

Ella sonrió ante su arrogancia.

–Y tú eres mío.

Él no contestó, pero tampoco lo negó.

Terminaron de beber el café conversando acerca de los detalles de último momento de su inminente vuelta a Grecia, pero Leiandros se fue quedando cada vez más callado hasta que terminó la charla.

Se apartó de ella y la miró a los ojos:

–Háblame del amante que te hizo daño.

Sorprendida, Savannah preguntó:

–¿De qué estás hablando?

Entonces se dio cuenta de lo que querían decir sus palabras. Todavía pensaba que había tenido amantes durante su primer matrimonio.

Después de la intimidad que habían compartido,

ella no podía aceptar algo así. Había pensado decirle la verdad, pero, con todo lo que había hecho por ella después de la boda, había pensado que no era necesario.

Evidentemente, se había equivocado y lo que habían compartido no significaba nada a la vista de sus viejos resentimientos.

Leiandros le estaba agarrando la mano.

–No evadas el tema. Sé que alguien te hizo daño. Te apartaste de mí cuando acababas de llegar a Grecia. Y te sientes incómoda cuando hay otros hombres, incluso con Sandros.

En realidad había podido saludar relajadamente tanto a hombres como a mujeres en la fiesta de la boda.

–¿Y tú crees que uno de mis muchos amantes me hizo daño? –preguntó ella, dolida.

–¿Quieres convencerme de que no ha sido así?

Savannah saltó del sofá, furiosa.

–¡Maldita sea, Leiandros! ¿Cómo eres tan ciego?

–¡No jures contra mí!

–¡Juro todo lo que quiero! –dijo después de tomar aliento.

Cuando él abrió la boca para hablar, ella gritó:

–¿Dónde está la prueba de mi infidelidad? ¿Dónde?

Leiandros se quedó callado.

–Exacto. ¡No tienes pruebas! ¡Solo tienes la palabra de tu primo!, y él mentía constantemente acerca de mí. Aceptas que mis hijas son Kiriakis. ¿Qué probabilidad habría de que fueran suyas si fuera tan promiscua? –respiró profundamente–. ¿Me has visto coquetear alguna vez? ¿Me has visto mirar a otros hombres? Tu detective te dijo que no había salido con hombres en los últimos tres años. ¿Qué te hace pensar que antes era diferente?

–El beso.

Solo eso.

Ella estaba tan enfadada que iba a explotar.

–¿Quién se apartó primero, Leiandros? ¿Quién te dijo que estaba casada? ¡Yo! Sí, reaccioné contigo, pero no te animé a nada más. Yo no te besé y, después de que ocurriese, ¿qué hice? Evitarte, hasta el punto de no hacer caso a mis instintos por mi propia seguridad.

–Explícate más –le exigió él.

–No tengas dudas de que te lo explicaré. Espera ahí y verás.

Savannah desapareció y entró en su pequeño estudio, abrió la caja fuerte y sacó un sobre.

Volvió al salón y tiró el sobre encima de la mesa baja, frente a Leiandros.

–Lo que quieres saber está ahí. Ábrelo.

Savannah estaba sentada frente a la antigua cómoda, cepillándose el cabello. Leiandros entró en la habitación. Ella debía de haberse duchado. Tenía puesto el albornoz encima de su delicioso cuerpo, pensó Leiandros.

Él suspiró. El gesto de Savannah lo decía claramente: «No me toques».

Sentía náuseas por lo que acababa de leer y ver. Se miraron en el espejo. Ella seguía furiosa.

No dejó de cepillarse el cabello.

–Supongo que te has convencido de que me lo merezco, puesto que soy un ser tan inmoral y todo eso.

–¡No, Dios mío! –exclamó conmovido. Extendió las fotos delante de ella.

–¿Cuántas veces ocurrió esto antes de que lo dejaras?

Savannah dejó el cepillo en la cómoda, pero siguió mirando el espejo.

—¿Y eso qué importa?

—¿Cuántas?

—Una vez —respondió, desafiante.

—Cuéntame.

Ella se dio la vuelta para mirarlo y acusarlo, pero el dolor en sus hermosos ojos verdes fue más hiriente que cualquier acusación.

—¿Por qué? Crees que ya sabes la historia. Según tú, yo era una especie de ninfómana cuando estaba casada con tu primo. Y esto lo debes de interpretar como que Dion se cansó y perdió los estribos.

Aunque fuera así, no había excusa para lo que Dion le había hecho, pensó Leiandros.

—Cuéntame la verdad. Dime cómo fue realmente.

—¿Y vas a creerme?

Él ya no sabía qué pensar acerca del matrimonio de su primo con Savannah. La imagen que Dion había pintado de ella era distinta de la mujer que él había conocido desde su regreso a Grecia.

Era una mujer que quería profundamente a sus hijas, reaccionaba generosamente con la gente que le había hecho daño en el pasado, y se había ocupado de una anciana cuando apenas había tenido edad suficiente para cuidarse a sí misma.

Leiandros se calló. El silencio lo condenaba.

Savannah saltó de la silla.

—Cuando lo hayas decidido, dímelo. Entonces, veré si te lo cuento o no —buscó una manta en un cajón de la cómoda, agarró una almohada, y se marchó de la habitación.

Leiandros sintió pánico.

—¿Adónde vas?

—Creo que dormiré en el sofá esta noche.

Él dijo lo primero que se le ocurrió.

—No creas que puedes manejarme, privándome de tu cuerpo —en cuanto lo dijo se dio cuenta de que había sido un error.

—Ni en sueños se me ocurriría algo así. De hecho, creo que dejaré de soñar por completo.

Y se marchó.

Leiandros se quedó inmóvil, maldiciéndose.

Savannah estaba acostada en el sofá. Estaba dolida. Había ido al sofá para consolarse. Era el único mueble que la había acompañado a lo largo de su vida. Lo había dejado en un guardamuebles cuando se había ido a Grecia. Había dormido en él cuando vivía con tía Beatrice... Pero no encontró el consuelo que necesitaba.

Leiandros no la creía. Había desnudado su alma mostrándole fotos de su cuerpo lastimado, la copia del informe médico y la orden de restricción de movimientos.

Sus sueños se habían desvanecido.

Él le había pedido que le dijera la verdad, pero lo que había querido decir era su versión de la verdad. Se mordió el labio tratando de acallar un sollozo, y se hizo daño. Había pensado que podría vivir con un amor no correspondido, que podría superar sus prejuicios y desconfianza hacia ella. Pero ahora se daba cuenta de que no podría.

Si aún creía las palabras de Dion después de ver esas fotos, no había futuro posible con Leiandros. Estaba ciego en lo concerniente a su primo. Podría pedirle a Sandros que le contase la verdad, pero ¿para qué? Leiandros no confiaba en ella, y ella no podía vivir con esa desconfianza.

Se le escapó un gemido de dolor. Se puso en posición fetal agarrada a la colcha.

Una mano masculina se posó sobre las suyas. Y otra le tomó la mejilla.

—Lo siento, cariño. ¡Lo siento tanto, *moro mou*!

Sobresaltada, Savannah abrió los ojos para ver el contorno de su cara y su glorioso cuerpo desnudo arrodillado al lado del sofá.

—Ven a la cama, *yineka mou* –su voz sensual sonó implorante.

Savannah agitó la cabeza.

—No quiero dormir contigo.

Le pareció que Leiandros se había puesto colorado, pero no era posible. Jamás mostraba una señal de vulnerabilidad.

—Si te refieres a hacer el amor, no intentaré seducirte –Leiandros hizo una pausa, como si le costase seguir hablando–. Solo quiero abrazarte. Necesito abrazarte.

¿Necesitar?, él nunca necesitaba a nadie.

Ella solo era un instrumento para hacer justicia, el medio de tener un heredero y de devolver a Eva y a Nyssa a la familia Kiriakis.

—Leiandros, vete a la cama. Tenemos que descansar.

—Pero yo no puedo descansar, después de haber sido tan estúpido contigo.

Ella cerró los ojos, ahuyentando la tentación de su cuerpo y su mirada implorante.

—No me importa.

—Pero a mí sí, Savannah. Me importa mucho. Me

importa haberte hecho daño con mi reacción irracional. No me da igual que mi primo te haya hecho daño con sus puños –acarició su cabello y luego deslizó la mano por su mejilla. Después, la dejó en su hombro–. ¿Sabes cuál ha sido mi primer pensamiento cuando vi esas fotos?

Ella se quedó callada.

Leiandros suspiró.

–Que mataría a mi primo si estuviera vivo.

Capítulo 13

EL TONO de Leiandros no dejaba duda de que realmente sentía lo que decía.

–Pero tú...

–Shhh... –la acalló cerrando sus labios suavemente con el dedo índice–. ¡No te imaginas cómo me he sentido mientras leía el informe médico y veía esas fotos tuyas!

–Dime cómo te has sentido. Ayúdame a imaginarlo...

¿Confiaba en ella Leiandros, pero había estado demasiado obcecado como para admitirlo?

–Estaba furioso. Confuso, abrumado y, en cierto sentido, ciego. Dion era mi primo.

Lentamente, Savannah fue soltando la colcha para tomar la mano de Leiandros.

–¿Es por eso por lo que no has dicho nada?

–Sí –Leiandros acarició su labio inferior con el pulgar, y con la otra mano la abrazó.

Ella sintió una sensación familiar. Pero no quiso ceder a ella. Aquello era muy importante.

–¿Y ahora? –preguntó.

–Si me dices que el cielo es verde, te creo... –él rozó sus labios contra los de Savannah.

–¡Ah! –suspiró ella.

–¿Vas a volver a la cama conmigo? –preguntó Leiandros, inseguro.

Aquel hombre era un enigma, pensó Savannah. Tan seguro siempre... Y tan inseguro en aquel momento. La desconcertó tanto que no pudo reaccionar durante unos segundos. Él se cansó de esperar, porque la alzó en brazos, con colcha incluida, y la llevó a la habitación.

–¿Ya no tengo alternativa? –preguntó ella.

–Te di una alternativa, pero no protestaste. Quieres volver a nuestra cama, y yo quiero que estés allí conmigo. Así que allí vamos.

Necesitar... ¿Realmente la necesitaba? Aunque se refiriese al deseo, el hecho de que la deseara a ella, y a ninguna otra mujer, le daba esperanzas.

–Allí iré –respondió, hundiendo la cabeza en el hueco del hombro de Leiandros.

Él se estremeció y la abrazó más fuerte.

Cuando llegaron a la habitación, la dejó en la cama y le quitó el albornoz.

–¿Has cambiado de parecer acerca de que no haya sexo? –preguntó ella.

–No –Leiandros la miró–. Hacemos el amor. Nunca ha sido sexo solamente. Jamás fue un instinto animal que pudiera ser satisfecho por cualquier otra persona.

«¡Oh, cielos!», pensó Savannah con los ojos llenos de lágrimas. «No deberías decir cosas como esas».

Savannah no podía hablar de la emoción. Leiandros estaba allí de pie, esperando que ella le contestase si lo aceptaba.

Savannah abrió los brazos y él fue a su encuentro con toda su pasión.

Hicieron el amor tiernamente. Ella se emocionó.

–¿Qué sucede, *moro mou*?

No quería mirarlo mientras se lo decía, así que ocultó su cara en su pecho.

–Dion y yo dejamos de hacer el amor a los cuatro meses del embarazo de Nyssa, cuando Dion descubrió que era una niña también. A mí no me importó. No era como hacer el amor contigo. Y luego, cuando descubrí que había estado teniendo aventuras durante todo el matrimonio, me alegré de no haber seguido teniendo relaciones con él. No quería arriesgarme a que me contagiase cualquier enfermedad porque él quisiera probar su virilidad acostándose con cualquier mujer que se le presentase. Entonces se acabó su amor, si lo hubo alguna vez.

Leiandros empezó a hablar, luego se calló.

–¿Qué? –preguntó ella.

–No quiero interrumpir, pero ¿por qué necesitaba él probar su virilidad? Se había casado con una mujer increíblemente hermosa y era padre de dos hijas maravillosas.

Savannah se sintió feliz por sus piropos y por ver que la visión del mundo de Leiandros no era como la de Dion.

–Supongo que él os dijo que yo estaba embarazada y que por eso habíamos tenido que casarnos. Estaba obsesionado con que me quedase embarazada inmediatamente. Y cuando vio que no ocurría, me llevó al médico a hacerme pruebas de fertilidad.

Recordó lo mal que se había sentido en aquella ocasión. Por aquel entonces ella no hablaba griego, y no había entendido nada de lo que había dicho el médico ni de lo que había recomendado.

–En las pruebas se vio que no tenía ningún pro-

blema. No había nada que me impidiese quedar embarazada. Yo estaba furiosa con él por obligarme a hacer
unas pruebas con un médico al que ni siquiera conocía... Así que insistí en que él también se hiciera las
pruebas. Después me arrepentí.

Leiandros le acarició la espalda.

–Tenía bajo recuento de espermatozoides. Estaba
destrozado y se obsesionó con probar su virilidad.
Creía que, si me dejaba embarazada de un hijo varón,
lo lograría. Nuestras hijas fueron una frustración para
él, ¡y encima tardé once meses en quedarme embarazada de Eva!

Savannah suspiró y se acurrucó más contra el cuerpo
de Leiandros.

–¡Todos los meses tenía que aguantar sus ataques
de ira cuando me venía el período! ¡Me acusaba de tomar la píldora, o de haberme esterilizado! Cuando me
quedé embarazada, me trató como a una incubadora, y
ahora me doy cuenta de que fue entonces cuando empezó con sus aventuras...

–Y yo te extorsioné, diciéndote que tendrías que tener un hijo mío... –se lamentó Leiandros.

Ella intentó consolarlo poniendo su mano en su pecho.

–Nunca hubiera aceptado tus exigencias si no hubiera querido satisfacerlas. Creo que muy dentro de mí
intuí que a ti te daría igual que el bebé fuera niño o
niña, y yo quería un hijo tuyo. Y lo sigo queriendo
–admitió Savannah.

Leiandros la abrazó.

–Gracias. No te merezco –le besó la frente–. Cuéntame lo de esa noche, por favor –pidió Leiandros.

–A eso voy –tomó aliento. No se lo había contado a

nadie–. Vino a casa una noche, totalmente borracho. Nyssa tenía seis meses. Quería sexo. Yo le dije que no. Me gritó, armó la habitual escena de celos, me insultó, me dijo que era una inútil como esposa. Me llamó «frígida» y otras cosas que no quiero repetir...

–Me dijiste algo así como que no viniste a mí cuando me necesitaste... ¿Fue esa noche?

Ella asintió.

–Tuve miedo. Sentí que su violencia iba en aumento y que no sabía cómo pararla. Mi mente me decía que acudiera a ti, que tú podrías evitar que Dion me hiciera daño, o que les hiciera daño a las niñas, pero había reprimido tanto la necesidad que tenía de ti, que también reprimí ese instinto.

–¿Te pegó cuando no quisiste tener sexo con él? –preguntó Leiandros, furioso.

–No. Le dije que, si intentaba forzarme, me iría de Grecia. Salió y vino más tarde. No solo estaba borracho. Había tomado algo. Me dijo cosas horribles y empezó a pegarme. Intenté defenderme, pero no pude hacer mucho. Me dio una paliza terrible, y luego se marchó. Fue un alivio que desapareciera. El resto ya lo sabes.

Leiandros la miró con ternura.

–Sí, sé el resto. Te marchaste de Grecia, y él le dijo a la familia que no querías vivir aquí y que querías volver a América. Hizo una gran representación diciendo que te quería y que sentía tu pérdida.

–Se puso en el papel de víctima y lo representó muy bien.

–Pero, en realidad, tú eras la víctima.

–No. Yo me marché de Grecia. Pero por culpa de sus mentiras su familia no disfrutó de los primeros años de mis hijas. Ellos fueron las verdaderas víctimas.

–*Agapi mou*, ¡eres tan generosa! Que no me extraña que te ame... –la besó tiernamente.

Ella sintió un nudo en la garganta.

–*S'agapo*. Te amo. *S'agapo*.

–¿Me amas? –preguntó ella, incrédula.

–Mucho. Sé que no puedes amarme ahora. Va a pasar mucho tiempo hasta que puedas perdonarme por chantajearte, si es que me perdonas algún día. Pero seré capaz de vivir con ello con tal de que no me dejes.

Leiandros con aquella actitud humilde era aterrador.

–¿Realmente crees que te habría dejado tocarme después de todo lo que viví con Dion si no te hubiera amado?

Él agitó la cabeza.

–Tal vez me amases entonces, pero no es posible que me ames ahora. No he confiado en ti. Te he hecho daño y no te he protegido de la crueldad de Dion. No me lo merezco, pero, por favor, prométeme que no me abandonarás. No puedo pensar en un futuro sin ti, y sin tus hijas.

Los ojos de Savannah se llenaron de lágrimas.

–No quiero dejarte, tonto. Te amo, Leiandros. Te he amado desde aquel beso, pero no quería aceptarlo.

–Eres demasiado íntegra como para haberlo aceptado –le dijo él.

Ella sonrió entre lágrimas.

–Del mismo modo que tú fuiste demasiado honesto como para actuar solo por el deseo de mi cuerpo.

–Era más que deseo. Me enamoré de ti esa noche. Solo estar en la misma habitación que tú fue una tortura después. Tuve que reprimir mis sentimientos durante seis largos años. Me sentía tan culpable que no podía aceptar que era amor y no pasión sexual. No te imaginas el tormento que sentí cuando Dion y Petra murieron en el accidente...

—Lo sé. Perdiste a tu esposa y a tu futuro hijo...

—Sentí eso. Pero no tanto. Sentí la pérdida de mi hijo más que la de Petra. Y en veinticuatro horas mis pensamientos me llevaron a ti, y a que quería hacerte mía. Me dije que era por justicia, para reemplazar lo que había perdido, pero la verdad es que ya no podía vivir sin ti. Habían desaparecido los obstáculos, y también mi autocontrol.

Ella le dio un beso suave en la boca por decir esas cosas tan bonitas. Luego sonrió.

—Entonces decidiste presionarme para que me casara contigo...

—¿Vas a perdonarme algún día y a confiar en mí, sabiendo que fui un mal esposo para Petra?

—No fuiste un mal esposo. Si Dion hubiera muerto, y Petra hubiera vivido, habrías sido fiel a ella y jamás le hubieras hecho saber que amabas a otra mujer. Te conozco, Leiandros. Eres un hombre de principios.

Leiandros la besó apasionadamente.

—No tienes nada que reprocharte —sonrió ella.

—Me reprocho cómo te he tratado. Creí todo lo que me dijo mi primo sobre ti, aunque no coincidía con la mujer que eras, solo porque me sentía culpable. Deseaba a la mujer de mi primo desesperadamente...

—Te perdono. Te quiero. Siempre te amaré —le aseguró Savannah.

Leiandros le acarició los pechos. Ella lo miró a los ojos.

–*S'agapo*, Savannah. Amo tu espíritu y tu cabezonería. Amo tu sonrisa cuando estás contenta y cuando abrazas a tus hijas... Amo tu paciencia con mi madre en los preparativos de la boda y tu generosidad... Pero, sobre todo, amo tu corazón tierno que es capaz de perdonar un pasado lleno de errores, y seguir amando...

Ella se emocionó y sonrió con los ojos nublados de lágrimas.

–Admiro tu valor para cuidar a una anciana enferma cuando eras tan joven que apenas podías cuidarte a ti misma...

–Tenía diecinueve años.

–Una niña.

–Ahora tengo veintisiete años, ¿no soy lo suficientemente mayor como para cuidarme sola?

–Sí. Eres lo suficientemente mayor e inteligente. Eres fuerte. Pero, ¿me permites el honor de poder cuidarte a ti y a nuestra familia?

–Sí. Puedes cuidarme cuanto quieras –ella se apretó contra él.

Él se rio y se subió encima de ella. Savannah se rio hasta que él la besó.

A los pocos meses, el médico dijo que Savannah estaba embarazada de diez semanas. Feliz, ella compartió la noticia con Leiandros aquella noche en la cama.

Él se sintió extasiado, pero enseguida empezó a hacer una lista de cuidados que ella debía tener por su seguridad y la de su futuro bebé, entre ellos, dormir una siesta todos los días.

Una siesta que compartieron muchas veces, durmiendo menos de lo planeado.

Eva y Nyssa estaban muy contentas por la llegada del bebé, y las abuelas andaban siempre cuidando a Savannah.

La ecografía reveló que eran gemelos. Solo pudieron ver el sexo de un bebé: una niña. Leiandros demostró estar feliz con la idea de una niña más.

Cuando llegó el momento del parto, y Leiandros vio sufrir a Savannah con las contracciones, anunció que aquel sería su último embarazo. Pero Savannah sonrió, pensando que los bebés valían aquel trago.

Nació su tercera hija primero. La llamaron Beatrice, aunque sus hermanas la llamaron Bea inmediatamente. Su hijo nació el segundo. Y Savannah quiso ponerle el nombre de su padre, aunque lo llamarían Leo.

Savannah tenía en brazos al niño. Leiandros los contemplaba con su hijita recién nacida en brazos, Eva y Nyssa disfrutaban de los mimos de sus abuelas Baptista y Helena, sentadas en sus rodillas.

–Mis hijos y tú sois mi mundo. Mi presente. Mi futuro. Mi gran tesoro. Regalos del cielo... *S'agapo*, *yineka* –dijo Leiandros, emocionado.

Savannah también se emocionó, y animó a sus hijas mayores a sentarse en la cama, para completar el cuadro familiar.

–Gracias –dijo Savannah con el corazón henchido de alegría.

Él le había prometido que jamás volvería a estar sola, y había cumplido su promesa, rodeándola de su amor, de su familia y amigos, transformándolos en los suyos propios.

Jamás se arrepentiría de la decisión de vivir la vida basándose en el amor y no en el miedo.

Bianca

La línea que separaba lo personal de lo profesional era muy delgada

Frente a la puerta del ático del famoso playboy Demyan Zukov, la secretaria Alina Ritchie temblaba debido a los nervios. No debería haber aceptado el empleo. Se sentía perdida, y eso que aún no había conocido a su nuevo jefe.

La mala reputación de Demyan era cierta. Sus miradas apasionadas la hacían sentirse casi desnuda. Descubrió que su forma de mirarla despertaba en ella una rebeldía que la impulsaba a desafiarlo continuamente.

Pero si cada vez que se rozaban saltaban chispas, ¿cuánto tiempo podría Alina continuar negándose a lo que su cuerpo le reclamaba a gritos?

Una mujer valiente

Carol Marinelli

Acepte 2 de nuestras mejores novelas de amor GRATIS

¡Y reciba un regalo sorpresa!

Oferta especial de tiempo limitado

Rellene el cupón y envíelo a
Harlequin Reader Service®
3010 Walden Ave.
P.O. Box 1867
Buffalo, N.Y. 14240-1867

¡Sí! Por favor, envíenme 2 novelas de amor de Harlequin (1 Bianca® y 1 Deseo®) gratis, más el regalo sorpresa. Luego remítanme 4 novelas nuevas todos los meses, las cuales recibiré mucho antes de que aparezcan en librerías, y factúrenme al bajo precio de $3,24 cada una, más $0,25 por envío e impuesto de ventas, si corresponde*. Este es el precio total, y es un ahorro de casi el 20% sobre el precio de portada. ¡Una oferta excelente! Entiendo que el hecho de aceptar estos libros y el regalo no me obliga en forma alguna a la compra de libros adicionales. Y también que puedo devolver cualquier envío y cancelar en cualquier momento. Aún si decido no comprar ningún otro libro de Harlequin, los 2 libros gratis y el regalo sorpresa son míos para siempre.

416 LBN DU7N

Nombre y apellido	(Por favor, letra de molde)

Dirección	Apartamento No.

Ciudad	Estado	Zona postal

Esta oferta se limita a un pedido por hogar y no está disponible para los subscriptores actuales de Deseo® y Bianca®.
*Los términos y precios quedan sujetos a cambios sin aviso previo.
Impuestos de ventas aplican en N.Y.

SPN-03   ©2003 Harlequin Enterprises Limited

Deseo

DESEAR LO PROHIBIDO

YVONNE LINDSAY

El millonario Raoul Benoit permitió que Alexis Fabrini, la mejor amiga de su difunta mujer, se convirtiera en la niñera de su hija solo por una razón: la bebé merecía amor y atención. Él no lo merecía… porque tenía que pagar por sus pecados, lo que significaba mantenerse lejos de Alexis, por mucho que la deseara.

Lo menos que Alexis podía hacer era ayudar con la niña. Pero no podía meterse en la cama de Raoul. Había vivido con un amor no correspondido durante demasiado tiempo… ¿qué importaba un poco más?

Sus sentimientos eran tan intensos
que no se podía resistir

¡YA EN TU PUNTO DE VENTA!

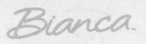

No era el cuento de hadas que parecía

El mundo entero se creía la historia de amor entre Alyse Barras y el príncipe Leo de Maldinia, pero todo era una farsa calculada hasta el mínimo detalle. Resignada a vivir una mentira, Alyse solo esperaba que su vergonzoso secreto jamás saliera a la luz.

A pesar de su fría e implacable fachada, los apasionados besos de Leo le hacían entrever al verdadero hombre que se ocultaba tras ella. Pero justo cuando empezaban a forjar un vínculo verdadero, una noticia amenazó con echar por tierra el cuento de hadas.

El príncipe soñado

Kate Hewitt